COLLECTION FOLIO

Lee Seung-U

La vie rêvée des plantes

Traduit du coréen par
Choi Mikyung et Jean-Noël Juttet

Gallimard

Ouvrage traduit et publié avec le concours
de la Fondation Daesan, Séoul

Titre original :
SIKMULDEULEU SASAENGHWAI

Lee Seung-U est né en 1959 en Corée du Sud. Après des études au Collège de théologie, il devient journaliste pour une revue protestante, avant de se consacrer pleinement à sa passion. Il enseigne depuis 2001 la littérature coréenne et l'art d'écrire à l'université de Chosun en Corée du Sud. Majeure et unique dans la littérature coréenne contemporaine, sa voix est celle de l'intranquillité.

CHAPITRE PREMIER

« Pourquoi riez-vous ? »

Lorsque, ouvrant des yeux ronds, elle m'a posé la question, moi je songeais à tout autre chose. Rouge à lèvres moiré, short moulant, la fille n'avait pas l'air d'apprécier. Sans doute me prenait-elle pour un client réfractaire. Bien entendu, je ne me souciais guère de savoir si elle avait un tant soit peu d'humour. Je me disais seulement que son rouge à lèvres faisait un peu bizarre. Rien de plus.

J'étais au volant de ma voiture, vitres baissées, et elle avait passé la tête par la fenêtre. Les genoux raidis, elle tendait sa croupe en arrière, si bien que je ne pouvais me faire une idée précise de sa physionomie. Le bâillement d'un ample T-shirt m'offrait en revanche une vue plongeante sur le galbe superbe de ses seins. La décence eût exigé que je détourne mon regard, mais, franchement, cela ne me vint pas à l'esprit. J'ai poursuivi notre conversation sans quitter ce spectacle des yeux. Après tout, si elle se tenait ainsi, c'est qu'elle était fière de ses seins, et il aurait été indélicat de la décevoir. Je l'ai interrogée sur sa taille, sur son âge, la priant de se tourner, de faire quelques pas, enfin je lui ai demandé si elle accepterait de se démaquiller. Elle m'a répondu qu'elle mesurait 1,60 m et qu'elle avait vingt-deux ans ; elle ne comprenait pas pourquoi elle devrait se démaquiller. Au lit, confia-t-elle, ça ne poserait pas de problème (cela, sur un ton malicieux, avec un sourire salace). Au lieu de se redresser, elle rétorqua : « Mais, monsieur, c'est une jument que vous êtes venu chercher pour votre étalon ? » Quant à faire quelques pas, elle ignora complètement ma requête. Pour finir, elle me mit sèchement le marché en main : « Alors, c'est oui ou c'est non ? »

Ça m'avait rappelé une scène. Un vague souvenir, par association d'idées. Et j'avais ri. Pas vraiment ri : juste une esquisse de rire, aussitôt effacée.

Où avais-je donc vu ce film ? Sans doute dans l'une de ces salles de la banlieue de Séoul où, à l'époque de ma fugue, il m'arrivait de passer la nuit pour économiser le prix d'une chambre d'hôtel. C'était un long-métrage d'un réalisateur iranien assez connu. Son nom, Abbas Kiarostami, je l'apprendrais bien plus tard. Comme mon objectif n'était pas d'aller voir tel ou tel film en particulier, le sujet m'importait peu. J'avais entendu dire qu'il était bon, mais cela ne signifiait pas forcément qu'il visait un public cultivé. Parmi les spectateurs, les gens comme moi ne manquaient pas. Franchement, je ne comprends pas pourquoi on prétendait que c'était un bon film. En général, aussitôt dans un fauteuil, je m'endors. Mais certains soirs, mille pensées vous assaillent. Cette nuit-là, pour une fois, j'avais donc suivi les images sur l'écran, bien que de façon un peu distraite.

C'était un film sans aventures ni tension dramatique, ni humour, ce qui, à mon sens, définit parfaitement un film ennuyeux. Pourtant, celui-là n'était pour finir pas si nul puisqu'il avait laissé une trace dans mon souvenir. Je ne me serais jamais douté que l'une des scènes, lovée au fond de ma mémoire, resurgirait ainsi, en des circonstances sans rapport avec cette projection.

Le regard du personnage principal (un type à la recherche de quelqu'un qui accepterait de l'enterrer) manifestait la ténacité et l'acharnement. Lorsque la fille m'a demandé sèchement : « Alors, c'est oui ou c'est non ? » j'ai eu l'impression de me trouver dans la même situation que le héros du film. Raison pour laquelle j'ai laissé échapper un petit rire goguenard. Comme lui, j'étais au volant, conduisant avec lenteur (je devais donner l'impression de me balader sans destination particulière), comme lui j'étais en quête de quelqu'un qui consentirait à me rendre un service. Pour le protagoniste du film, cependant, la quête avait duré toute la journée, peut-être même plusieurs jours. C'était différent dans mon cas : j'avais quitté la maison au coucher du soleil, cela faisait à peu près deux heures que j'errais, et environ quarante minutes que je traînais dans cette rue à rouler au pas, vitre baissée de mon côté pour mieux reluquer les filles adossées aux arbres et échanger quelques mots avec l'une ou l'autre.

Pourquoi donc l'homme du film ne m'avait-il pas paru désespéré ? Il était tellement calme, tellement consciencieux, il avait l'air simplement d'un employé à son travail, tout dévoué à sa société, et non pas d'un gars résolu à quitter ce monde. Est-ce que, moi, je donnais la même impression ? Avais-je l'air de quelqu'un en train de faire consciencieusement un travail qu'on lui aurait confié ?

Mon rire avait été ma réponse, mon ricanement plutôt. Je ne répondais ni par oui ni par non, je n'avais besoin de répondre en aucune façon. Je savais bien que je n'avais pas de raison particulière d'être désespéré, ni content de moi non plus d'ailleurs. Mais cette fille ignorait ce qui se passait dans ma tête et l'éclairer ne me semblait pas nécessaire, ni même utile.

« À ton avis, qu'est-ce que je cherche ? » lui ai-je demandé sans cesser vraiment de sourire. En me toisant, perplexe, elle a d'abord paru vouloir faire l'effort de deviner, intention vite dissipée pour laisser place à la fureur.

« C'est oui ou c'est non ? » La question assénée pour la troisième fois, elle me mettait en demeure de répondre. Tout son problème était de savoir si je la voulais ou pas. Elle me pressait de choisir un terme de l'alternative, excluant toute autre possibilité de choix. Il se pourrait bien que pour la plupart des gens (hormis les sophistes qui adorent les complications) tout, dans notre monde, se ramène à des alternatives aussi élémentaires. Hamlet lui-même, qui passe pour le modèle de l'homme réfléchi, n'a-t-il pas, en se posant la question de savoir s'il fallait vivre ou mourir, réduit les interrogations fondamentales à un dilemme simpliste ? En va-t-il ainsi dans la vie ? Et comment peut-on être aussi caricatural ?

Je me demandais également si le personnage du *Goût de la cerise* (titre du film iranien en question) était vraiment décidé à mourir. Que voulait-il au fond, se donner la mort ou continuer de vivre ? Peut-être avait-il tout simplement besoin qu'on réponde à sa place. Allez savoir si, après tout, ce n'était pas dans cette seule intention qu'il cherchait quelqu'un, prétendument pour l'assister dans son suicide. Voilà pourquoi sa quête était si précautionneuse : il ne cherchait pas un vulgaire fossoyeur, mais un homme qui prît sa vie en main. Si ce quidam remplissait la fosse de terre, lui mourrait, dans le cas contraire, il vivrait. Le héros du film échappait au désespoir parce qu'il n'avait que cinquante pour cent de chances de mourir, moins encore peut-être. Le réalisateur voulait sans doute montrer que ceux qui se suicident ne sont nullement prédestinés.

Mais moi, je n'avais pas de raison particulière de prendre des airs désespérés. D'autant que je n'étais pas aux trousses d'un individu qui déciderait de mes jours. Ce que je briguais, c'est une personne avec qui satisfaire un désir charnel. De plus, il ne s'agissait pas même de « mon » désir. Le désespoir, la gravité, ce n'est pas vraiment mon style.

« Monte ! » lui ai-je dit, tout en pointant le menton vers le siège du passager avec le sérieux de celui qui vient de prendre une décision capitale. Elle s'exécuta avec un petit sourire content qui voulait dire : « Je savais bien que ça se terminerait comme ça. » Pareille vulgarité m'était désagréable. Mais c'était probablement sa façon d'exprimer la part de fierté qu'elle avait en elle. Inutile d'en prendre ombrage. Dans son for intérieur, vraisemblablement, cela avait à voir avec sa conscience professionnelle. Petite fierté qui, ma foi, méritait le respect. J'ai remonté la vitre et j'ai roulé sans plus rien dire. Les lumières des magasins, des deux côtés de la rue, filaient comme des comètes.

Dès que les rues animées ont disparu dans notre sillage, elle s'est mise à bavarder. « Les hommes sont ridicules. Pourquoi font-ils tant de manières alors qu'ils savent parfaitement où ils veulent en venir ? » Elle a croisé les jambes. Son short, en remontant plus haut, a découvert une cuisse bien en chair. Avec ses hauts talons maculés de terre, elle allait cochonner ma bagnole, mais j'avais décidé de fermer les yeux. Elle a continué, d'un air bougon : « Si vous êtes venu là, c'est que vous en aviez envie : alors pourquoi faire des manières ? Pourquoi y aller par quatre chemins ? Les hommes, ils font presque tous comme vous, au moins huit sur dix. Et vous faites comme si c'était nous qui vous embarquions. C'est ridicule ! Vous pensez que vous avez l'air moins bestiaux comme ça ?... Et puis, quelle importance ! » Elle s'est arrêtée pour poser les yeux sur moi. Manifestement, elle attendait que j'acquiesce, mais je ne bronchais pas. Elle a repris : « Qu'est-ce que ça peut bien faire, d'avoir l'air bestial ? Les hommes, c'est bien des bêtes, non ? »

« Arrête tes conneries, ai-je grondé à voix basse. Tu ferais mieux d'enlever cette couche de maquillage. » Pourquoi me suis-je montré aussi brutal, je ne sais pas trop. Sans doute parce qu'elle parlait de bête. Le mot me mettait mal à l'aise. Mon agressivité semblait la surprendre. Elle m'a scruté du coin de l'œil un moment, puis, voulant me montrer qu'elle n'était nullement impressionnée, elle m'a demandé sur un ton boudeur : « Pourquoi voulez-vous donc que j'enlève mon maquillage ? » Elle commençait à m'agacer avec sa manie de poser des questions. « Parce que je te le demande ! Enlève-moi d'abord ces boucles d'oreille en toc ! »

Elle s'est rendu compte que j'étais énervé. Elle a continué : « Vous avez rien compris ! Vous me prenez pour votre petite amie ? » Je lui ai rétorqué que je n'avais nullement l'intention de faire d'elle ma petite amie ni de me comporter comme tel, elle pouvait être tranquille à ce sujet. « Alors pourquoi vous me demandez toutes ces choses ? » m'a-t-elle lancé tout en balançant sa jambe. Dans le fond, elle avait raison : pourquoi donc lui demandais-je toutes ces choses ?

Dans ma tête, il y avait une femme. Tandis que je traînais dans cette rue... non, à vrai dire, bien avant que je songe à m'y rendre, une femme occupait toutes mes pensées, et j'étais complètement accaparé par elle. La fille assise à ma droite ne s'était rendu compte de rien, mais moi j'étais en pleine confusion.

« Si j'ai fait la rue pendant toute une heure en voiture, bien sûr que c'était pour trouver une fille ! C'est pas ce qui manque, d'ailleurs. Ne va pas croire qu'il n'y en avait pas de plus jolies que toi. Mais pourquoi est-ce toi que j'ai choisie ? »

Ma question était certes un peu hypocrite, mais (tant mieux ou tant pis) elle n'a pas paru relever.

« C'est parce que je vous ai plu. C'est pas à cause de mes seins ? »

Elle a rigolé comme une grosse niaise en tendant sa poitrine vers moi. Je n'ai pas ri, ni même tourné la tête. Elle disait peut-être vrai. Elle avait une poitrine superbe, un corps sexy. Mais ce n'était pas mon goût à moi qui m'avait guidé. Savoir si j'aimais ou non les grosses poitrines n'était pas la question.

Je lui ai jeté l'enveloppe conservée jusque-là dans la poche de mon anorak. Sa moue de mauvaise humeur disparut à peine le contenu découvert. « Vous me donnez tout ça ? » a-t-elle dit d'une voix émue. Je n'avais pas la moindre envie de partager son émotion. Je lui ai demandé, de nouveau, d'ôter ses boucles et de se démaquiller. Non sans lui rappeler que je venais de l'acheter et qu'elle devait savoir à quoi ça l'engageait. « Entendu, c'est pas bien difficile. » Elle a rangé ses boucles d'oreille dans son sac avec l'enveloppe. Elle s'est mise à se frotter la frimousse avec un tampon de coton. À l'insu de la fille, tout en songeant aux pouvoirs de l'argent, je lançais quelques coups d'œil sur ce visage qui se libérait d'une épaisse couche de crème blanche.

Elle n'avait pas achevé que nous étions parvenus à destination. Il ne nous avait pas fallu plus de vingt-cinq minutes. La rue (ici, ni magasins, ni lumières) était obscure et quasiment déserte. Les voitures filaient à vive allure, les passants étaient rares. Avant même de descendre de voiture, on sentait une odeur d'herbe qui flottait dans l'air. En juste vingt-cinq minutes, nous avions quitté la ville. La ville et la campagne se côtoient de si près !

Bien visible sur la façade du bain public, alibi d'un *love hotel*, le mot « Éden » en lettres lumineuses semblait flotter dans les airs, surmonté du pictogramme habituel en forme de vapeur d'eau qui permet d'identifier ce genre d'établissement. Le bâtiment, sinistre, évoquait ces châteaux hantés qu'on voit dans les films d'horreur. La fille ne paraissait pas du tout éprouver cette impression. Tant mieux, après tout. Elle ne pouvait plus éloquemment exprimer sa simplicité, à la limite de la niaiserie, ce qui démontrait la pertinence de mon choix. « Tu es charmant », m'a-t-elle susurré alors, en se pendant à mon bras, d'une petite voix nasillarde. Je me suis dégagé de son étreinte pour me diriger vers le bâtiment qui crachait de la fumée. Marchant sur mes talons, elle devait penser que j'avais refusé son bras par timidité. C'est son ricanement qui m'avait amené à cette conclusion. Elle se trompait. Et moi, je me gardais bien de la détromper.

À la réception, on m'a donné la clé.

CHAPITRE 2

Elle était furieuse. Elle hurlait, clamant que je l'avais trompée, ce qui n'était pas vrai. Moi, je n'avais rien à me reprocher. Je ne lui avais pas raconté de salades. Je ne lui avais jamais promis de coucher avec elle. D'accord, c'est moi qui l'avais choisie, mais est-ce que ça m'obligeait à coucher avec elle ? Je ne pouvais être tenu responsable de ses interprétations. Elle n'avait pas le droit, non plus, de me traiter d'escroc. Si je ne l'avais pas payée, soit ! Mais elle avait reçu une rétribution généreuse, au point d'en être tout émue. Escroquée, elle n'aurait pas braillé plus fort. Sa réaction était tout à fait hors de propos. Au bout du compte, c'est moi qui me retrouvais dans la situation de la victime, victime de reproches absolument immérités.

J'étais donc dans mon plein droit quand je l'ai rattrapée par les cheveux et que je lui ai filé une gifle pour la ramener dans la chambre. D'accord, c'était un peu brutal, mais ce n'est pas moi qui étais en tort. Ressortir de la chambre à peine entrée ! Si quelqu'un ne tenait pas ses promesses, c'était bien elle. Elle ne se doutait pas que j'étais resté aux aguets derrière la porte, et elle était loin d'imaginer que je lui filerais une taloche.

Maintenant, elle ne savait plus trop ce qu'elle devait faire, et ce qu'elle lisait dans mes yeux la tétanisait. Elle semblait enfin prendre conscience du danger qu'elle courait en compagnie d'un inconnu dans un motel de banlieue.

« C'était pas prévu comme ça. » Elle geignait d'une voix toute douce en se frottant la joue. Elle ne songeait plus à protester. Plutôt à m'apitoyer, Pour autant, je ne me suis pas laissé attendrir le moins du monde. « Quelle promesse je t'ai faite ? Quand est-ce que je t'ai menti ? » Je lui ai relevé la tête en lui tirant les cheveux (elle était par terre). Elle m'a répondu, au bord des larmes : « Vous ne m'avez pas dit que c'était pour un autre... » J'ai ricané : « Quand est-ce que je t'ai dit que je coucherais avec toi ? Quand ?... Tu as rêvé ? » Désemparée, elle perdait toute velléité de résistance. « C'est vrai, vous ne l'avez pas dit, mais... » Dans sa phrase inachevée, il y avait comme une supplication.

« Allez ! C'est bon, rentre dans la chambre... si tu ne veux pas te retrouver infirme, toi aussi. »

Elle a parfaitement compris que je ne plaisantais pas. Moi, je ne doutais pas de l'effet de mes menaces, et j'avais raison. J'avais bien senti que c'était une fille simple, un peu niaise. Donc craintive. Et donc obéissante. Je ne m'étais pas trompé. Elle est entrée dans la chambre en bougonnant des choses inaudibles non sans avoir jeté un coup d'œil sur mes poings toujours fermés.

Cela fait cinq ans que mon frère a perdu ses deux jambes. Quand ça s'est produit, je n'étais pas à la maison. Faut dire que je n'étais jamais à la maison, je me sentais mieux n'importe où ailleurs, j'étais tout le temps dehors, et un jour j'ai fini par quitter le domicile paternel pour de bon. Le corps sans jambes de mon frère, je l'ai vu pour la première fois il y a juste un an. J'étais revenu à la maison, mais surtout pas dans l'intention d'y rester. C'était à l'époque de Chusok, la fête de la pleine lune, à l'automne. J'étais tout seul au bureau et, subitement, j'avais eu un coup de bourdon. Je ne parvenais pas à dominer mon cafard, c'est ce qui m'avait poussé à revenir. Tous mes souvenirs enfouis remontaient à la surface. Voilà donc que j'avais terriblement envie de revoir ma famille. Malgré cela, si je n'avais pas croisé le pasteur de l'église que ma mère fréquentait et s'il ne m'avait pas donné des nouvelles de mon grand frère, je ne serais peut-être jamais retourné chez moi. Et si je n'avais pas vu de mes propres yeux mon grand frère amputé des deux jambes, si cette mutilation n'avait pas fait resurgir le complexe dont, auparavant, je souffrais devant lui, si ensuite je n'avais pas rêvé à ses jambes et si, dans mon rêve, mon frère ne m'avait pas demandé si ces jambes étaient les miennes, je ne serais pas resté.

Ce rêve, je l'avais fait trois jours après mon retour chez nous. Je marchais dans une obscurité totale, on ne voyait pas plus loin que le bout de son nez. À chaque pas, je redoutais de tomber dans un gouffre. L'obscurité devenait de plus en plus épaisse, visqueuse. Au début, c'était juste une sorte de brume; mais ensuite mes pas s'enlisaient dans une sorte de marécage. Il devenait de plus en plus difficile d'avancer. Le temps de dégager un pied, l'autre à son tour était pris dans une glu noire. Je regardais autour de moi pour voir s'il n'y avait pas un autre chemin. Derrière moi, tout était noir et poisseux. De désespoir, j'ai appelé : « Y a quelqu'un ? » Bien entendu, pas de réponse. Puis il s'est passé quelque chose d'encore plus affreux : comme je venais laborieusement de réussir à dégager une jambe, j'ai ressenti tout d'un coup une sensation de vide sous moi. Un frisson m'a parcouru le dos : ma jambe avait disparu ! J'ai regardé l'autre : pareil ! De frayeur, j'ai hurlé. J'ai crié tellement fort que la voix que j'entendais, elle n'était plus d'un rêve, c'était vraiment ma voix. Un peu plus tard, quelqu'un que je ne voyais pas m'a demandé : « Ce sont tes jambes ? » Cette personne me semblait venir de l'extérieur du rêve. Elle tenait une paire de jambes dans ses bras. Belles, musclées, solides, avec juste ce qu'il fallait de poils. Immédiatement, j'ai reconnu les membres inférieurs de mon frère. En même temps, j'ai eu la certitude que l'homme que je ne voyais pas et qui tenait les jambes, c'était lui, c'était mon frère. Et, comme pour me prouver que j'avais vu juste, son visage m'est apparu aussitôt. Ses jambes ont disparu dans l'instant où j'ai découvert sa tête. De nouveau j'ai crié. Le cri a jailli hors du rêve, il a retenti dans le monde réel. Je me suis réveillé.

Mon premier geste a été de palper mes cuisses et mes genoux. Ensuite je suis allé m'étendre à côté de mon frère qui dormait. Là, j'ai compris que je ne le quitterais jamais plus.

CHAPITRE 3

Je n'avais pas, pour autant, l'intention de lui sacrifier le reste de ma vie. Je ne suis pas si généreux (je le dis sans gloriole ni excessive humilité). Si je suis resté, c'est par pitié pour mes parents, rongés de culpabilité, n'espérant plus rien de leurs enfants. Ma mère passait ses journées dehors. Mon père ne disait jamais rien ; sa seule occupation était d'arroser les plantes et les fleurs dont le jardin débordait. Je n'ai pas le souvenir d'avoir réentendu sa voix. Ma mère a dit un jour que, depuis l'accident de mon frère, il avait perdu l'usage de la parole.

Ma décision ne signifiait pas non plus que je pensais me substituer à mon frère et devenir digne d'admiration comme il l'avait été. Non, simplement une sorte de vertige m'avait précipité à terre et l'état d'impuissance dans lequel je me trouvais me paralysait et m'empêchait de me relever.

Il n'était surtout pas prévu que je devienne son complice lorsqu'il s'agirait de lui permettre d'assouvir ses désirs charnels. Rôle aussi pitoyable que rebutant. Resté intact chez l'invalide, ce désir avait quelque chose de répugnant, comme était sinistre son emprise sur cet esprit torturé, et consternant le spectacle d'une mère qui, par amour, prenait son fils sur le dos pour l'emmener au bordel. Je ne savais pas cacher la répulsion que m'inspirait tout cela. Surtout après ce que j'avais vu de mes propres yeux. J'en avais éprouvé une terrible fureur, j'avais crié à mon frère que mieux valait mourir plutôt que de vivre ainsi, puis j'avais chialé comme un gosse en me suspendant aux bras de ma mère.

C'était un soir après le dîner. Je m'ennuyais devant la télé lorsque j'aperçus ma mère qui sortait, portant mon frère sur son dos. Mon père s'était retiré : tout entier à sa partie de go solitaire. En tendant l'oreille, je pouvais, du salon, entendre le bruit des pions qu'il posait sur le damier. Parfois, même sans y prêter attention, je percevais ce bruit caractéristique.

Mon frère, ainsi transbahuté, protestait énergiquement. Lorsque son regard a croisé le mien, il a tourné la tête. Puis, se calmant, l'air résigné, il a enfoui son visage dans les épaules de ma mère. Les jambes de son pantalon flottaient dans le vide.

« Où allez-vous ? » Ni mon frère ni ma mère n'ont répondu à ma question. Je sentais bien qu'ils ne voulaient surtout pas que j'insiste. Je n'ai pas insisté. Elle a déposé mon frère sur le siège arrière de la voiture et s'est mise au volant. D'habitude elle me demandait de prendre le volant. Quelque chose m'échappait. J'ai sauté dans un taxi pour les suivre.

Je n'avais aucune idée de l'endroit où ils allaient. Lorsque j'ai vu la voiture s'arrêter à l'entrée du Marché aux lotus, je n'en crus pas mes yeux. Le quartier des plaisirs s'appelle ainsi depuis la nuit des temps, nul ne sait pourquoi. Dans les étroites venelles décorées de lanternes rouges, les filles quasiment à poil interpellent les passants, certaines balançant une jambe, d'autres mâchant vulgairement un chewing-gum, comme s'il était de règle pour ces filles de mâcher vulgairement du chewing-gum. Que venait-elle faire ici, surtout avec mon frère ?

Celui-ci essayait de dissimuler son visage dans le dos de ma mère. Ils ont avancé dans le quartier et sont entrés dans une maison. Lui, il avait l'air misérable, mais elle, elle allait d'un pas décidé comme à l'accoutumée. Ce n'était certainement pas la première fois qu'elle venait là. D'ailleurs, les mâcheuses de chewing-gum et celles qui balançaient la jambe leur laissaient le passage avec une expression qui en disait long.

De tous, c'était moi le plus embarrassé. J'étais comme un comédien désinvolte qui serait monté sur scène sans avoir jamais répété son rôle. Et si je dévisageais les filles alignées tout le long de la ruelle, c'était par crainte de percevoir une condamnation dans leur regard. Je redoutais d'y trouver une expression de dégoût et je me sentis sombrer dans un immense chagrin, un désespoir infini.

J'avais la tentation de fuir, quand une fille me mit le grappin dessus : « Tu viens ? J'suis gentille. » Je réussis à arracher ma manche de ses griffes et en profitai pour lui demander : « Qui est cette dame, là, qui vient d'entrer ? — Celle qui portait son fils ? Ça vous met mal à l'aise, vous aussi ? Ouais, c'est bien triste. Mais en quoi ça vous concerne ? Allez, venez plutôt vous amuser ! » Et, de nouveau, elle m'a agrippé par la manche. Je lui ai demandé de me dire ce qu'elle savait. Comme elle ne comprenait pas pourquoi je m'intéressais à ces gens, elle a tenté de briser là : « Vous avez vu tout comme moi, y a rien de plus à ajouter ! » J'ai demandé s'ils venaient souvent. Elle m'a dit : « De temps en temps. » Puis, un peu mélancolique, comme se parlant à elle-même : « C'est vraiment triste, leur histoire. Il paraît que lui, c'était un jeune homme brillant. C'est pendant son service militaire qu'il est devenu invalide. C'est vraiment pas marrant de se retrouver dans cet état... Sa mère, se soucier de ça, chapeau ! Y en a pas deux comme elle, vous pensez pas ? » Je me suis dégagé d'elle et je suis parti avec l'envie de l'injurier. Je hurlais en moi-même que des mères, y en avait pas deux comme elle. Non, pas deux ! Et cette voix, au fond de moi, faisait voler mon cœur en éclats.

J'ai marché un peu pour réfléchir. Je me suis arrêté à une de ces buvettes qu'on trouve sur les trottoirs. J'aurais aimé que le *soju*[1] me monte tout de suite à la tête, mais mon esprit devenait de plus en plus clair. Je suis retourné au Marché aux lotus. Ma mère attendait devant la maison.

Elle se tenait debout, le front contre la porte vitrée. Je l'avais déjà vue dans cette posture, à l'université, le jour où je passais le concours d'entrée. La tête appuyée contre la grille du portail, elle priait pour que je réussisse. Dans sa vie, elle n'a pas dû prier pour moi plus d'une ou deux fois. Je lui avais ôté toute possibilité d'en faire davantage. Écœuré, j'avais quitté l'institut privé où je préparais l'entrée à l'université. Avec ses bâtiments de béton en rase campagne, dans la province du

1. Alcool traditionnel.

Gyeonggi, cet institut où je me sentais en prison, donc en enfer, et qui avait pour nom « Académie militaire », dans lequel tout marchait au doigt et à l'œil comme à l'armée, faisait de la publicité pour ses méthodes éducatives originales et super-efficaces consistant à exercer un contrôle absolu sur le sommeil, les études et les repas. Ç'avait été ma première évasion.

Quelle prière pouvait-elle bien faire pendant que son fils assouvissait les pulsions d'un corps abject? Quelle sorte de prière son Dieu à elle autorisait-il dans cette situation? Il n'existe pas de Dieu pour permettre de pareilles choses. Ma mère m'était odieuse. Sa prière ne pouvait être que mensongère. Je me suis approché jusqu'à effleurer son épaule de mon menton. Et je l'ai appelée.

« Maman! » Ma voix m'a fait l'effet d'un rugissement de fauve. Sa réaction (les yeux qui s'ouvrent, la tête qui se relève et se tourne du côté d'où l'appel est venu) demeure gravée en moi comme les images d'un film au ralenti. Je n'oublierai jamais son effroi, comme devant une scène qu'elle n'aurait jamais dû voir. Pourtant, l'intolérable était plutôt sous mes propres yeux. Mais ma mère, dont le savoir-faire est sans égal (je ne suis pas le seul à le dire, tout le monde vous confirmera que c'est grâce à elle que nous ne nous en tirons finalement pas trop mal, c'est véridique et personne chez moi ne viendra le contester), a aussitôt repris la situation en main.

« Ah, tu es là! » a-t-elle dit comme si nous étions convenus de nous retrouver en ce lieu. Elle faisait preuve d'un tel sang-froid que j'ai cru un instant avoir oublié le rendez-vous que nous nous serions donné.

« Ce serait mieux si tu n'étais pas là », a-t-elle ajouté en détournant le regard. À croire qu'elle avait prévu mon passage. Sur un ton plein d'assurance, elle a précisé : « Ton frère va bientôt sortir, il faut que tu t'en ailles. » Il s'agissait d'un ordre qui ne supportait pas de réplique. « Mère ! » voilà tout ce que j'ai trouvé à dire, de la voix chevrotante de celui qui va se mettre à sangloter.

« J'ignore comment tu es venu, mais ce n'est pas une bonne chose que tu sois là. Et si tu ne files pas immédiatement, ce sera encore pire. Va-t'en vite ! » Là-dessus, elle m'a tourné le dos.

À ce moment précis la porte vitrée s'est ouverte et la tête d'une jeune femme est apparue pour annoncer : « Madame, c'est fini ! » Ma mère, qui avait fermé les yeux, les a rouverts et m'a regardé. J'ai lu sur son visage l'expression même de l'autorité. « Allez, dépêche-toi ! » Elle me chassait. Son regard affirmait qu'il ne fallait pas que je sois là quand mon frère sortirait et que, tant que je ne serais pas parti, elle n'irait pas le chercher.

Ma première réaction a été d'obéir à l'injonction maternelle. Je me suis dit qu'il le fallait. C'était ce qui me permettrait, plus tard, de retrouver ma mère et mon frère. Mais la bête en moi n'a pas écouté. L'impulsion est plus forte que la raison. La preuve, je suis passé devant ma mère pour aller pousser la porte. Et l'impulsion est plus rapide que la raison. La preuve, je me suis retrouvé à l'intérieur avant que ma mère ait eu le temps de m'en empêcher. Trois ou quatre portes grossières en contre-plaqué s'offraient à ma vue. J'ai ouvert sans ménagement la première. Dans la chambre minuscule, sur un lit encastré, tel une chrysalide, un homme se tenait là, accroupi, tournant le dos à l'entrée.

Je me suis précipité, j'ai saisi mon frère à la gorge, je l'ai fait pivoter pour l'obliger à me regarder en face. Hors de mes sens, haletant, grognant, j'avais tout d'un fauve. Lui, il avait les yeux pleins de larmes, le visage écarlate. Mais tant pis ! Je l'ai secoué, je l'ai injurié. Des phrases incohérentes, des mots inachevés. Je lui ai dit de se regarder, de regarder sa saleté de corps. Je l'ai cruellement accusé d'égoïsme. Je lui ai dit de se tuer, de crever. Bientôt mes lambeaux de phrases se sont noyés dans mes pleurs.

Si ma mère ne nous avait pas séparés, je ne sais pas ce qui serait arrivé. Elle m'a giflé. D'une main où elle a mis toutes ses forces. Elle savait bien que rien d'autre n'aurait pu calmer ma fureur de bête déchaînée. Je suis tombé dans ses bras et j'ai pleuré comme un gosse. Elle ne m'a pas repoussé. Elle me tapotait doucement le dos. Pleurait-elle elle aussi ? J'avais la tête baissée et ne pouvais m'en rendre compte.

CHAPITRE 4

Cette scène au Marché aux lotus, ce n'est pas tout à fait par hasard que j'ai pu en être le témoin. À vrai dire, j'y suis allé sur commande. On s'est peut-être amusé à me jouer un tour, mais je n'en suis pas certain. Tant mieux, après tout, si j'ai été victime d'une blague. Mais ce qui m'inquiétait (à m'en donner des frissons), c'est que, même s'il s'agissait pour mon commanditaire de se divertir, pour moi, ce ne pouvait être le cas.

Le fait est que je surveillais ma mère. Aussi étonnant que cela puisse paraître, c'est bel et bien ce qui s'est passé. J'étais effectivement chargé de la surveiller. Ce qui veut dire que je ne le faisais ni par simple curiosité ni pour satisfaire quelque travers relevant d'une psychologie morbide. Et, comme je viens de le laisser entendre, cette surveillance était ma principale occupation.

Un client que je n'ai jamais vu (je ne sais d'ailleurs toujours pas de qui il s'agit) m'avait demandé de lui rendre compte des journées de ma mère. Commande pour le moins incongrue. Je faillis lui demander s'il savait que la personne qu'il me priait de surveiller était ma propre mère. Qu'il fût au courant ou pas, la chose était pour le moins singulière. D'abord, je me suis dit qu'il s'agissait de quelqu'un de mon entourage qui plaisantait, mais j'avais des doutes. Pour tenter d'identifier sa voix, je lui ai demandé, après un silence, comment il avait appris l'existence de notre bureau. J'ai dit « notre bureau », mais en fait il n'y avait pas de bureau, ni d'autre employé que moi. Je m'étais lancé dans le business de la messagerie cinq mois auparavant, avec juste un téléphone dans ma chambre. Ma première affaire avait consisté à distribuer des prospectus. On ne peut accomplir que ce qu'on a appris, un voleur ne peut que voler, n'est-ce pas ? Alors je m'étais mis à faire ce que je savais. Je me disais que je ne pouvais tout de même pas passer ma vie à glander. Ma première idée avait été le colportage. Une fois quitté le giron paternel, je gagnais ma croûte comme coursier. On m'envoyait tantôt au service de l'enregistrement immobilier, tantôt à la mairie ou à la gare de Séoul. Un boulot minable, mais qui satisfaisait le bon à rien que je suis, et mon tempérament de vagabond y trouvait son compte. Pas besoin de bureau, les contacts s'effectuaient par téléphone : rien de plus commode pour se lancer tout seul. Fort de cette expérience, j'ai créé ma propre boîte. J'ai donc installé un téléphone et j'ai baptisé mon entreprise *L'Abeille et la Fourmi.* Je n'étais pas peu fier de ce nom. Je me suis fait imprimer des cartes de visite.

Pour me lancer, j'ai distribué mes cartes de visite aux membres de ma famille. Ma mère m'a demandé si ça me rapporterait de quoi vivre, mais elle a quand même eu l'air d'apprécier mon initiative. Mon frère a critiqué mon choix : pourquoi ce travail alors que s'offraient tant d'autres possibilités ? Quant à mon père, il n'a rien dit, comme d'habitude. Si j'étais venu lui annoncer que j'allais me marier avec une femme ramassée dans la rue au milieu d'un tas de merdeux, ça lui aurait été complètement égal.

En lançant mon affaire dans de telles conditions, il n'y avait pas de raisons que le travail abonde. Je n'allais pas faire le difficile si quelque chose se présentait. N'empêche, filer sa propre mère, ce n'est pas banal. L'avenir, je veux bien, est imprévisible. C'est d'ailleurs ce qui rend la vie intéressante. Mais là, c'était un comble. Bien entendu, j'étais curieux de savoir qui était mon client. Je lui ai donc demandé comment il avait appris l'existence de « notre bureau ».

Après un bref silence à l'autre bout du fil, il a répondu avoir lu une publicité dans *La Colombe. La Colombe* est un de ces journaux d'information et de petites annonces distribués gratuitement à Séoul. J'avais effectivement envoyé une annonce. Avant cela, j'avais collé des affichettes sur les murs et dans les escaliers des magasins, dans les toilettes publiques, sur les poteaux électriques, mais je n'avais guère eu d'appels. C'est pourquoi j'avais investi dans ce journal. Je n'espérais pas grand-chose car le bureau qui m'employait auparavant y avait inséré une fois, lui aussi, une annonce, quasiment sans résultats. J'étais loin d'imaginer qu'on me demanderait de surveiller ma propre mère. S'il s'était agi d'une autre personne, cela aurait pu constituer une mission tout à fait intéressante.

J'ai invité mon client à décliner son identité. Il m'a demandé si c'était obligatoire. Je ne pouvais aller jusqu'à lui dire que cela faisait partie des modalités prévues pour ce genre d'enquête. Il me réclamait des informations confidentielles sur une tierce personne;

ce que les clients exigent d'abord, n'est-ce pas la circonspection ? Qui veut connaître les secrets d'un quidam attend que cela se fasse dans la plus grande discrétion. Comprenant parfaitement ces choses, je ne pouvais exiger qu'il me révèle son identité. Si j'insistais, il risquait de raccrocher et on n'en parlerait plus. Dans ce cas, je perdais non seulement un travail qui pouvait me rapporter gros, mais aussi toute possibilité de connaître l'identité du lascar. Ce qu'il me fallait éviter à tout prix.

J'ai simplement répondu que, s'il me disait qui il était, cela m'aiderait, mais qu'il n'y était pas obligé. Il a gardé le silence, et pour ne pas que celui-ci dure trop longtemps, je lui ai demandé quand et où le joindre et sous quelle forme je devais lui rapporter les résultats de mon enquête. Il m'a dit qu'il m'appellerait de temps en temps et qu'il me suffirait de lui donner de brefs comptes rendus. Je lui ai communiqué le montant de mes honoraires et mon numéro de compte. J'ai précisé que si la somme lui paraissait élevée, c'était parce que ce genre de mission pouvait comporter des dangers. Il a émis des objections. Je lui ai proposé d'effectuer des versements hebdomadaires, il a répondu qu'il était d'accord. « Je me mettrai au travail après le premier versement », lui ai-je dit sèchement et j'ai raccroché.

Le montant requis avait été crédité tout de suite, et je me trouvai lié par contrat. C'est du fait de cet inconnu que j'ai suivi ma mère au Marché aux lotus, et que j'ai pu être témoin de la scène scabreuse évoquée plus haut. Je me sentais misérable. Lorsque le soir même il m'a appelé, je mesurais toute mon ignominie vis-à-vis de ma mère. Je lui ai parlé durement.

« Qui êtes-vous ? Pourquoi me demandez-vous de faire ce boulot ? Dans quel but ? »

L'inconnu n'a rien répondu. Furieux, je lui ai dit que je renonçais à travailler pour lui. Il a ri. Je n'en suis pas certain, mais j'ai eu l'impression qu'il riait. Il a ajouté, avec une totale assurance, qu'il ne m'était pas possible de rompre notre contrat unilatéralement. « Vous avez été payé pour un travail, il faut l'accomplir. » C'est ce qu'il m'a dit. Fou de rage, j'ai hurlé, mais la communication était déjà coupée.

CHAPITRE 5

Calme plat à la maison. Pendant toute la semaine qui a suivi l'expédition au Marché aux lotus. Silence étouffant. On évitait soigneusement de se rencontrer. Ma mère partait très tôt à son travail. Moi, enfermé dans ma chambre, je faisais la grasse matinée. Aussitôt avalé le petit déjeuner que la femme de ménage me préparait à la place de ma mère, je sortais. Certains jours j'avais du boulot, d'autres non. Mais travail ou pas, je quittais la maison. Je ne rentrais que très tard, toujours après minuit. Je ne voulais surtout pas tomber sur mon grand frère. Quand je rentrais, personne ne venait m'ouvrir la porte. D'ailleurs, je n'avais pas besoin de sonner, j'avais toujours la clé en poche.

Les autres n'étaient pas tous couchés encore. Mon frère ne dormait pas. En passant devant la porte de sa chambre, je l'entendais souvent taper sur le clavier de son ordinateur. Il était toujours occupé à une chose ou à une autre. Mais la porte était fermée, je ne pouvais savoir au juste ce qu'il faisait. Bref, chacun de nous quatre avait une chambre, chacun était enfermé dans la sienne. Les quatre portes restaient obstinément closes. Personne ne faisait irruption dans l'une ou l'autre ni n'en avait la moindre envie. Ma mère était la seule qui aurait pu enfreindre cette règle. Nous vivions comme si nous ne nous connaissions pas. Nul ne s'en plaignait, nul ne trouvait cela gênant.

Une semaine entière est passée sans que ma mère et moi ayons échangé la moindre parole. C'est elle qui a fini par prendre l'initiative de rompre le silence. Elle était restée dans le salon, toutes lumières éteintes, jusqu'à ce que je rentre. J'ai ouvert avec ma clé et, alors que je m'apprêtais à filer tout droit dans ma chambre, elle m'a appelé, me priant de venir m'asseoir auprès d'elle. Aucun doute, elle m'attendait. Je me suis assis en face d'elle. Après un silence (pour contrôler son souffle ?), elle m'a dit : « Tu voulais me voir aujourd'hui ? » J'ai hoché la tête. « On t'a vu dans les parages du *Mindeulé*. Qu'est-ce que tu es venu faire ? » Elle parlait à voix basse. Comme si elle prenait garde de ne pas déranger les objets qui dormaient dans l'obscurité du salon. Le *Mindeulé* (Le Pissenlit), c'est le nom du restaurant qu'elle gérait. Une maison très classe. Elle y était entrée toute jeune. Maintenant, elle en était la patronne.

Je lui ai demandé comment elle l'avait appris. Je sais bien, j'avais crié au commanditaire de la filature que j'allais rompre notre contrat. C'est vrai que je n'avais aucune envie de continuer. N'empêche, je voulais comprendre pourquoi ce type s'intéressait à ma mère, j'étais obsédé par la question de savoir s'il y avait vraiment quelque chose à trouver, et quoi ? Et puis, je n'avais rien d'autre à faire. C'est pour cela que, dans la journée, j'étais allé traîner dans les parages du *Mindeulé*. Une fois là-bas, je me suis dit que ça ne servait à rien et je suis parti pour échapper au ridicule. Mais comment avait-elle bien pu savoir ?

Si j'y étais allé avec l'intention de lui parler, il fallait entrer, m'a-t-elle confié sur un ton de reproche. Elle pensait donc que je voulais lui dire quelque chose ? Tant mieux en fin de compte. Parce que, franchement, je n'avais rien à lui dire. Et là, maintenant, assis en face d'elle à une heure aussi tardive, je n'avais toujours rien à déclarer. J'ai hoché la tête. Elle a haussé les épaules, l'air étonné, puis elle a commencé : « C'est que ton frère... » J'ai eu l'impression qu'elle avait préparé sa phrase.

« Ton frère ne va pas bien... », a-t-elle poursuivi. Cela, je le savais aussi bien qu'elle. Elle a ajouté : « D'ailleurs, tu ne l'ignores pas. » Puis elle a continué : « Pas seulement le physique, mais la tête aussi. Il a l'air d'aller bien, et puis, il y a des moments où il s'effondre complètement. Dans ces moments-là... » Elle a marqué une pause. Elle cherchait ses mots pour adoucir la brutalité de ce qu'elle allait dire. Peut-être craignait-elle d'être entendue par mon frère qui n'était certainement pas encore couché. Elle a baissé la voix. « Dans ces moments-là, mon cœur se brise. Ça me rend folle de voir un garçon si intelligent, qui était plein d'avenir, réduit à cet état. Je me dis que c'est une punition, que je paie pour les fautes que j'ai commises... » Tantôt elle élevait la voix, tantôt elle chuchotait. Elle avait un mal fou à contrôler ses émotions. Elle me donnait d'elle une image bien différente de celle à laquelle j'étais habitué.

« Maman, tu attendais beaucoup de lui...

— Oui, c'est vrai, m'a-t-elle interrompu, tu as

raison. » Elle préférait de loin mon frère. Mais cette préférence n'était pas sans fondement. Et mon frère répondait à son amour. Par ses qualités et ses talents, il s'était attiré toute son affection. Il méritait d'être aimé davantage que moi. J'étais si loin de le valoir ! L'attitude de ma mère était bien légitime. Dès mon plus jeune âge, j'ai appris à vivre avec un sentiment d'infériorité, j'en ai fait mon pain quotidien. À l'école, je n'avais pas d'aussi bonnes notes que lui, je n'étais pas aussi bon en sport. Je n'étais pas aussi beau. Je me rendais bien compte que nous n'étions pas égaux. Moi, je n'ai jamais réussi à entrer à l'université. J'ai songé à me tirer d'affaire grâce au service militaire, mais on m'a réformé. Je me suis retrouvé en pleine déprime. Ce qui m'a d'ailleurs poussé à quitter la maison... « Que ton frère ait mauvaise vue, il a une bonne excuse, c'est à force de lire, mais toi, je ne comprends pas », ne manquait-elle jamais de railler à propos du motif qui m'avait valu d'être réformé... Lui, il était supérieur, à moi, aux autres, de tous les points de vue. Dès son enfance, il avait fait la joie et la fierté de ma mère. Qu'un fils pareil fût réduit à cela devait être une souffrance intolérable pour elle. Les autres ne le voyaient peut-être pas, mais moi je m'en rendais parfaitement compte.

Fallait-il pour autant qu'elle le porte sur son dos pour l'emmener voir les putes ? Son affection devait-elle aller jusqu'à s'occuper de ce genre de choses ? Était-ce sa façon de lui montrer qu'elle l'aimait sans limites ? Dans ce cas précis, pouvait-on parler encore de l'amour d'une mère pour son fils ? Là, j'avais du mal à comprendre.

Elle a continué comme si elle monologuait : « En le retrouvant dans l'état où il est aujourd'hui, j'aurais voulu me tuer. Mais je n'ai pas pu. J'ai simplement perdu connaissance. — Je n'étais pas là », l'ai-je interrompue. « Oui, tu n'étais pas là », a-t-elle confirmé.

En effet, je n'étais plus à la maison lorsqu'on avait ramené mon frère. Il avait perdu ses jambes dans une explosion, à l'entraînement, pendant son service. Je n'étais pas à la maison, non plus, à son départ pour l'armée. Il avait été enrôlé contre son gré. L'accident était survenu moins d'un an plus tard.

« En général, il va bien, a poursuivi ma mère, mais quand il a une crise, il se met à déchirer ses vêtements, il se griffe, s'arrache la peau, se cogne la tête contre les murs... Il n'y a rien au monde de plus horrible. Il arrache ses habits, il se traîne par terre, il fait des choses... ce n'est pas facile d'en parler... des choses honteuses. » Elle a marqué une pause pour reprendre son souffle, puis elle s'est lancée, bien décidée à aller cette fois jusqu'au bout.

« Il se masturbe, il se met du sperme partout, c'est affreux. Après ces moments d'agitation, il s'effondre littéralement et il dort comme une souche. Le psychiatre qu'on est allé voir dit que les pulsions sexuelles sont un exutoire à son trouble mental. Quand la tête perd son équilibre, il paraît qu'on cherche une issue pour ne pas exploser. C'est ce qu'on a refoulé trop longtemps qui surgit dans ces moments-là. Les crises prennent des formes différentes selon chacun, mais pour ton frère, ça se passe ainsi. Le docteur m'a demandé discrètement s'il était marié. Je lui ai dit qu'il avait une amie, mais qu'ils n'étaient pas encore unis. Il m'a expliqué que chez les hommes, le désir sexuel se manifeste sous la forme d'un besoin physiologique qui, parvenu à son point culminant, se change en rage dévastatrice et que c'est une chose très naturelle. Il m'a dit qu'il ne pouvait rien me recommander de particulier, mais qu'il serait bon d'essayer de trouver un moyen de prévenir les crises en satisfaisant ses pulsions... » La voix de ma mère s'était affaiblie. Et comme elle baissait la tête, il me fallait tendre l'oreille. Mais je n'ai rien perdu de ses paroles. Elle tenait à m'expliquer, m'a-t-il semblé, l'épisode du Marché aux lotus. Elle s'efforçait de préciser que sa démarche n'était pas dictée par l'amour aveugle d'une mère, mais qu'il s'agissait bien plutôt d'un traitement thérapeutique.

« Vous n'avez donc rien trouvé de mieux ? » lui ai-je demandé. « Et que faire d'autre ? » m'a-t-elle répliqué. « Y a-t-il eu au moins des effets positifs ? — Ton frère s'est senti humilié, honteux. Mais il sait bien que ses crises de démence peuvent survenir à tous moments. Il m'a obéi. J'ai l'impression que ça marche... alors, il n'est pas question d'arrêter. Voilà... » Elle parlait sur le ton de quelqu'un qui avoue une faute.

« C'est moi dorénavant qui m'en occuperai. » J'ai dit cela sans réfléchir, et je suis parti. Sans doute ne voulais-je plus l'entendre me parler de ces choses. Mais avant même d'avoir terminé ma phrase, j'ai pensé que c'était peut-être bien ce qu'elle voulait entendre. Bien sûr, elle ne pouvait pas me le demander ouvertement, cependant (mon intuition me l'a fait comprendre) elle souhaitait sans doute que je me charge de cette corvée, par ailleurs acceptée de bon gré. Pour une fois que je pouvais lui être utile...

CHAPITRE 6

Sans fierté excessive, je peux dire que je m'y suis pris de meilleure manière que ma mère. Fini le Marché aux lotus. Mon truc, c'était les motels de banlieue. Pour ne rien cacher, je déposais mon frère dans un motel, puis j'allais à la chasse aux filles. Le problème, c'est les difficultés qu'elles faisaient pour venir. Mais je n'étais pas d'humeur à m'en laisser conter. Je n'étais pas particulièrement gentil avec elles. Je ne leur fournissais pas d'explications. Si je leur avais tout dit dans le détail, pas une n'aurait marché. Pas une seule ! Donc pas question de leur faire des risettes.

Ce jour-là, au retour du motel, à côté de moi dans la voiture, mon frère ne disait mot. Je devinais le tumulte de ses émotions en son for intérieur. Honte, regret, remords, sentiment de solitude, d'échec, tout devait y passer. Par pudeur, je gardais le silence.

« J'aimerais bien me promener », me dit-il à voix basse.

« Tu sais bien qu'il est déjà tard », lui ai-je répondu en me tournant vers lui. Il n'a plus bronché. Comme il restait silencieux, j'ai changé de direction, j'ai pris du côté de la tombe. Il s'agit d'un petit parc pas loin de chez nous où se trouve une tombe royale. En marchant d'un pas normal, c'est à dix minutes de la maison. Vingt minutes avec le fauteuil roulant, pas plus de deux minutes en voiture. Mon frère aimait s'y rendre. À l'allée centrale, il préférait de beaucoup le chemin qui serpentait dans l'ombre des grands arbres autour du parc. Sous le couvert serré des branches, il faisait sombre comme dans un tunnel. De temps à autre, mon frère me demandait de le conduire ici. Je le laissais à l'entrée. Il me disait : « Tu peux repasser me prendre dans deux heures ? » Si je lui proposais de le pousser, il hochait la tête pour dire que ce n'était pas la peine, il préférait se promener tout seul. Lui au moins, c'est quelqu'un de ponctuel : deux heures plus tard, il était là, sans faute, à m'attendre à l'entrée. Quand j'avais un peu d'avance, je ne tardais pas à le voir arriver par le chemin sinueux. Ordinairement, sa promenade prenait fin au moment précis où le soleil se couchait.

C'était la première fois qu'il exprimait le désir de se promener à une heure aussi tardive. Je ne pouvais tout de même pas faire le sourd. J'ai arrêté la voiture à l'entrée du parc, je l'ai aidé à prendre place dans son fauteuil. Il ne m'a pas dit de revenir deux heures plus tard. Tant mieux. Je me suis mis à pousser son fauteuil.

Il faisait déjà frais. Les lampadaires de l'entrée arrachaient les bords des allées à l'obscurité qui engloutissait le reste du parc. On entendait le chuintement caractéristique des roues. Une fois passé le premier coude du chemin, l'ombre est devenue plus dense. J'avais bien envie de faire demi-tour, mais je n'osais pas tant que mon frère ne m'y invitait pas. Le fauteuil roulait, guidé par l'imperceptible clarté émanant du chemin jaune au creux du soir. Le petit frémissement qui me parcourait l'échine ne devait rien à la fraîcheur nocturne. Plutôt à cette inquiétante force incantatoire des arbres qui, du bord du chemin, s'élançaient vers le ciel. Comme si le fauteuil roulant était sur le point de se faire happer par la nuit, comme si nous commencions à glisser dans un trou noir où nous serions bientôt engloutis. Oui, je n'en menais pas large. Une bête est passée à proximité avec un étrange bruissement. Les oiseaux faisaient des *furourouk, furourouk.* Tout comme Hansel et Gretel, j'étais en proie à des pressentiments sinistres. La terreur que les deux enfants éprouvaient au fin fond des bois ténébreux après leur enlèvement était devenue tout d'un coup réalité pour moi. J'avais l'impression que mon frère et moi avions été enlevés, qu'ici nous étions très loin du monde. Une de ces sorcières qui attirent les enfants dans sa maison de gâteau allait surgir, là, devant nous. Dans la nuit, ce bois, comme tous les autres bois, n'était-il pas livré aux sorcières ? Tout boqueteau, la nuit, n'est-il pas l'exact contraire du village, le jour ? Le bois nocturne est régi par d'autres règles, d'autres lois. Et ce qui caractérise le monde sylvestre, c'est justement la présence de sorcières et de fantômes. La maison de gâteau où ont été attirés puis enfermés Hansel et Gretel, ce n'est rien d'autre que la métaphore d'un trou noir...

J'ai subitement pris conscience que, à la différence de mon frère, j'avais rarement marché sur ce chemin. En tout cas, jamais de nuit. Je me suis rendu compte, aussi, que je n'aimais pas l'obscurité, alors que lui semblait l'apprécier. J'avais toujours eu envie d'accompagner mon frère dans sa promenade, mais pas dans ces conditions. Dans ce noir, cette atmosphère, certainement pas ! Mon frère semblait vouloir continuer. Moi je mourais de lui dire qu'il fallait vite rebrousser chemin avant que ne surgisse quelque sorcière. Mais je n'osais pas. Le silence qu'il gardait était d'une lourdeur ! Un silence que je me devais de respecter. Cette résolution l'a finalement emporté sur ma peur.

J'ai sursauté quand mon frère a dit : « Le chemin se termine ici », puis je me suis senti rassuré. Si j'ai d'abord été surpris, c'est parce que j'étais tout à mes appréhensions et à mes fantômes. Puis enfin rassuré, parce que mon frère réagissait. Je n'avais pas d'idée précise du lieu où nous étions parvenus. Était-ce loin de l'entrée, combien de temps avions-nous mis ? L'obscurité était si profonde et j'avais été tellement absorbé que je n'en savais rien.

« On ne peut pas aller plus loin, c'est toujours là que je m'arrête. »

La voix de mon frère me parvenait dans une tonalité nouvelle que lui conférait l'air humide de la nuit.

« Quand j'arrive ici, au-delà de cette barrière, j'imagine une forêt dense. Peut-être avec une caverne, et des arbres qui rivalisent entre eux pour dérober le ciel. Je me représente ces arbres aux branches entrecroisées, je me représente des herbes, des oiseaux, des insectes, des animaux. Si on s'aventure dans cette forêt, on trouve peut-être, tout au fond, un grand frêne comme pilier du ciel. Et si moi j'y entrais, peut-être pourrais-je le voir, ce frêne... J'aimerais y aller, j'aimerais me fondre dans cette forêt, je rêve d'aller toucher ce grand frêne qui soutient le ciel, oui, mais aussi le temps. »

Mon frère parlait tout seul. J'entendais les vœux ardents qu'il formulait, sans bien savoir de quoi il s'agissait au juste. « Je t'emmènerai là-bas, un jour », lui ai-je dit comme s'il s'agissait de quelque chose d'anodin. Mais j'ai tout de suite regretté ma légèreté. Embarrassé, je me suis tu. J'avais honte. Je suis sûr que j'étais écarlate. Heureusement qu'il faisait noir !

« Tu vois cet arbre ? » m'a demandé mon frère sans donner suite à ma proposition. Il pointait le doigt dans une direction précise. Puisqu'il avait parlé d'un arbre, il devait bien y en avoir un. Mais je ne voyais rien que du noir. L'obscurité engloutissait littéralement tout le bois. Dépouillés de leur individualité, les arbres s'amalgamaient avec l'ombre. Forcément, j'étais incapable de distinguer l'arbre particulier qu'il désignait. Duquel parlait-il ? Qu'est-ce qu'il voyait, lui ?

« Qu'est-ce que tu vois ? » lui ai-je demandé sur un ton un peu niais tout en esquissant un sourire pas très sincère. Il n'a pas daigné répondre. « Ça, c'est un pin, non ? » ai-je dit. Mon frère a répondu tranquillement : « Tu vois ce grand pin au tronc solide et à l'écorce épaisse ? Juste à côté, il y en a un autre, d'une famille de pins complètement différente. Il a l'air de vouloir enserrer le premier de ses branches, il est tout délicatesse, tout élégance, on dirait une femme à la peau douce et hâlée. — De quel arbre parles-tu ? » Je ne discernais rien dans le noir, mais je ne voulais pas laisser notre conversation s'interrompre. J'avais envie de connaître ce qui avait motivé son désir de promenade. Cet intérêt qu'il portait à la nature n'avait, au fond, rien de répréhensible ni même de surprenant chez quelqu'un qui se détournait de plus en plus de la fréquentation des hommes, même si j'ignorais totalement si c'était une chose bonne ou non pour lui.

« C'est un aliboufier. » Mon frère a donné tout de go le nom de l'arbre. « Un aliboufier », ai-je répété après lui. C'était la première fois que j'entendais prononcer le nom de cet arbre. À quoi il ressemblait, il va sans dire que je n'en avais pas la moindre idée. Mon frère venait de nous apprendre que nous étions plantés devant un aliboufier, et moi je ne voyais rien du tout. Le chemin où nous nous trouvions lui était familier, il avait vu cet arbre à bien des reprises. Ce n'était pas mon cas. Tant que je n'avais pas vu l'arbre de mes yeux, je ne pouvais rien ajouter. Mon frère le savait bien. Mais à quoi bon lui demander d'en tenir compte ? C'est à lui-même qu'il s'adressait, pas à moi.

« Cet arbre, svelte et élancé, me fait penser à une fille nue », a précisé mon frère tout à ses visions. « Ce qui me ravit, ce sont ses fleurs blanches en forme de clochettes. On est en mai, elles ne vont pas tarder à éclore. Quand on est dessous, on a l'impression que les clochettes vont se mettre à tinter. » Sa voix s'enfonçait dans l'obscurité du bois comme une ancre dans la profondeur marine. Je ne savais comment entrer dans son soliloque et, d'ailleurs, ce n'était pas dans mes intentions. On allait quitter cet endroit maléfique qui m'évoquait si fort la forêt de Hansel et Gretel, je n'en demandais pas davantage.

Comme remontée du fond de la mer, la voix de mon frère a poursuivi : « J'aimerais tout de même bien savoir pourquoi le svelte aliboufier s'agrippe de cette façon à ce costaud de pin ! » Il a poussé un soupir. Pourquoi parlait-il de ces choses ? Il m'a semblé le comprendre, mais je n'en étais pas vraiment sûr. Le problème, c'est qu'en premier lieu je ne parvenais nullement à discerner cet arbre qui, pour lui, évoquait une silhouette féminine. Problème, en fait, sans réelle importance. Tout d'un coup, j'ai senti que le dossier du fauteuil roulant tremblotait. Ce mouvement provenait des épaules de mon frère. Pour être juste, ce n'étaient pas ses épaules : des épaules ne peuvent trembler toutes seules. Des sanglots agitaient ses épaules et le dossier de son fauteuil.

« Comment faire avec cette abjection qui hante mon corps ? » La voix de mon frère me parvenait comme un souffle du bois touffu où un aliboufier enlaçait un pin. Ses paroles, je les avais très bien perçues, mais je fis semblant de n'avoir pas entendu. J'étais dans mes petits souliers. J'ai dit, comme si j'avais froid : « Faudra que je vienne voir ton aliboufier quand il fera jour ». J'ai toussé pour dissimuler l'émoi qui étranglait ma voix. Décidément, je ne suis pas doué pour la dissimulation.

« On va rentrer, j'ai peur », ai-je soufflé. Et sans attendre sa réponse, j'ai fait faire un demi-tour au fauteuil, je l'ai poussé, guidé par la faible clarté qui montait du chemin de terre jaune. Je sentais, dans les poignées, les soubresauts provoqués par les sanglots de mon frère, mais j'ai mimé le détachement. Dans la voiture, je n'ai dit mot jusqu'à la maison. Lui non plus. Je me suis encore une fois souvenu de Hansel et de Gretel, enlevés, prisonniers d'une forêt obscure et solitaire.

En regagnant nos chambres respectives, nous faisions une drôle de tête, lui et moi, chacun de son côté.

CHAPITRE 7

Le lendemain, j'ai refait seul la promenade de la veille. Puis je suis allé dire à mon frère de reprendre son appareil photo.

J'ai marché d'un bon pas jusqu'à l'endroit où le chemin s'arrêtait. Chemin plus tortueux, plus long que je n'imaginais. Et, chose que je n'avais pas remarquée la veille, il montait et descendait continuellement. Je me suis demandé comment j'étais parvenu à pousser le fauteuil roulant dans des côtes pareilles. Nous nous étions arrêtés à l'extrémité du chemin. C'est là que mon frère s'était laissé aller à des confidences sur la fascination qu'exerçaient sur lui les arbres. Comme pour se reprocher son incapacité à se défaire des pulsions charnelles qui le harcelaient, il avait parlé, haletant, des désirs que l'aliboufier éprouvait pour le pin qu'il enlaçait. Ses propos m'avaient interloqué.

Que voulais-je voir au juste en revenant ici ? L'aliboufier qui embrassait le pin ? Le bois où s'enlaçaient arbres et plantes, où se cachaient une grotte obscure et, tout au fond, un frêne qui soutenait le ciel ? Peu importe la raison : le fait est que je suis retourné au parc et que j'ai parcouru, seul, tout le chemin. Il était dix heures du matin. Était-ce trop tôt, trop tard pour une promenade ? J'étais absolument solitaire.

Au bout du chemin, le bois m'a paru particulièrement sombre malgré le soleil qui pleuvait en cascade. Une lourde chape d'ombre couvrait l'endroit. Un vague bruissement, intime et mystérieux, me parvenait du plus profond du bois. Un léger vertige s'est emparé de moi quand il m'est paru évident qu'un esprit surnaturel habitait ce lieu.

Et puis, il y avait l'aliboufier. Il m'a sauté aux yeux. Je le voyais certes pour la toute première fois, mais je l'ai aussitôt reconnu. Il faut dire qu'il avait belle allure. Ce que m'en avait dit mon frère était l'exactitude même. À franchement parler, je n'avais pas vraiment accordé foi à ses dires. Avec toutes les émotions qui s'agitaient en lui, pensais-je, il était incapable d'objectivité. Mais l'arbre que j'avais sous les yeux me prouvait le contraire. Un arbre effectivement voluptueux, svelte et souple comme un corps de femme. Il enlaçait le pin dans une tendre étreinte. J'imagine que, sous terre, leurs racines s'entremêlaient dans une intimité encore plus scandaleuse. J'avais du mal à croire possible une pareille chose. J'étais tout étourdi par cette découverte. « Aliboufier » : j'ai articulé le mot comme une plainte.

Je ne sais si c'est à ce moment précis que j'ai pensé à la photographie. Peut-être était-ce juste avant, ou juste après, lorsque j'ai pris le chemin en sens inverse. Tenter de persuader mon frère de reprendre son appareil photo, était-ce vraiment opportun, en avais-je même le droit ? Quoi qu'il en soit, l'idée ne me lâchait pas. Je décidai de m'enfermer dans ma chambre après le déjeuner afin d'étudier la question tout à mon aise. J'étais envahi de scrupules. N'allait-il pas penser que je me mêlais de choses qui ne me regardaient pas, et me remettre à ma place ? En fin de compte, j'ai estimé que ça lui rendrait peut-être service. J'ai arrêté ma décision en songeant que, après tout, je pouvais bien en supporter le risque.

Je suis allé lui dire que j'étais retourné au parc, que j'avais pris le chemin et marché jusqu'au bout, que j'avais vu le bois épais, silencieux et obscur, ainsi que l'aliboufier agrippé au pin. Mon frère est resté de marbre. Au fond, il n'y avait rien d'étonnant à cela, et je ne m'en suis pas inquiété outre mesure. Me sentant plus en confiance, j'ai ajouté que sa description correspondait exactement à la réalité, que je n'avais pas eu la moindre hésitation quand il s'était agi de repérer son arbre. Avec l'air d'apporter une information anodine, mon frère a précisé que le fruit de cet arbre était vénéneux. « Il paraît qu'on l'utilisait pour tuer les poissons. » Le registre dans lequel nous étions étant celui d'une conversation banale, j'en ai profité pour aborder tout de go la question qui me tenait à cœur. « Quand tu vois des choses pareilles, tu n'as pas envie de faire des photos ? Tu devrais reprendre ton appareil, tu ne penses pas ? » Il n'a pas répondu, il n'a même pas levé les yeux.

Mon frère avait cessé de faire des photos parce qu'il estimait qu'elles ne rendaient pas justice à la vérité. Il serait plus exact de dire qu'il se sentait aujourd'hui trahi par ces documents auxquels il avait accordé, par le passé, une confiance, une foi totales.

La photo n'avait jamais été pour lui un passe-temps

ni un art. Il considérait ses clichés comme des documents devant témoigner de la réalité objective, de la vérité d'une époque. La photo, c'était, selon lui, un œil objectif qui donne à voir avec une parfaite exactitude ce qui se passe à un moment donné, en un lieu donné. Bien entendu, on ne peut pas ignorer le fait qu'il y ait nécessairement un point de vue particulier, un choix effectué par celui qui fige ces instants. Aucun appareil enregistreur ne peut être totalement objectif, c'est une évidence que personne ne conteste. Tout document reflète nécessairement le point de vue de celui qui l'a élaboré. Le photographe s'exprime à travers l'angle de vue et par la mise au point, il fait toujours des choix. On peut très bien contester ses partis pris. Telle était du moins la conception qu'avait mon frère de la photographie. L'angle de la prise de vue et la mise au point ne sont rien d'autre que l'angle de l'éthique et la visée de la morale. C'est ce qu'il pensait. C'est la raison aussi pour laquelle il ne s'intéressait absolument pas à la photographie d'art. Il n'avait jamais, à ma connaissance, ambitionné de devenir un artiste.

Je me souviens, il était toujours dans les rues à cette époque oppressante où il ne se passait pas de jour sans que le ciel de Séoul soit obscurci par les gaz lacrymogènes. Il était là, infailliblement, parmi les manifestants, se frottant les yeux et le nez, mitraillant tout ce qui s'offrait à sa vue. Il a photographié des policiers anti-émeutes tirant des grenades et se ruant, matraque à la main, à la poursuite des contestataires, des étudiants qui lançaient des cocktails Molotov contre les boucliers des forces de l'ordre plantées en rangs serrés, des passants qui s'enfuyaient dans les passages souterrains en grimaçant à cause des gaz. Il a saisi ce moment où un étudiant au T-shirt déchiré est pris à la gorge par les flics, il a photographié les policiers fatigués, endormis, adossés à leurs autocars, leurs armes jetées en désordre à terre, les cailloux rassemblés en tas par les étudiantes. Mon frère consommait une quantité énorme de pellicules et développait lui-même ses clichés.

Je voyais tout le temps des photos de ce genre dans sa chambre. En les regardant, on pouvait parfaitement se rendre compte de ce qui se passait en ville sans avoir à se donner la peine de sortir. L'information était même plus vraie que le reflet donné des événements par les journaux. Vérité plus forte, plus immédiate. Sans doute est-ce de cette époque que date mon habitude de ne pas prêter grande attention à ce que raconte la presse.

Certaines photos étaient effrayantes, d'autres déprimantes ou horribles. Impossible de ne pas être ému à les voir. Elles suscitaient une sourde colère, de la haine, du désespoir... Ce à quoi s'attachait mon frère, je le voyais bien, c'était leur valeur documentaire : il prenait ses clichés sous l'angle de la morale, il leur voulait une fonction militante.

Elles étaient pour lui des documents, mais pas seulement. Il en faisait des armes. Des documents qu'il utilisait comme des armes. Pour lui, photographier était une arme, pas un passe-temps ni un art. Il en faisait un vrai sacerdoce. Je le dis sans exagération. Certaines étaient publiées, sur de mauvais supports, dans de mauvaises mises en page. Il les numérotait, mentionnait la date et le lieu. Pas seulement celles qui étaient publiées, mais toutes. Parfois il ajoutait une légende. Par exemple « Gwanghwamun, 14 juin, les policiers jettent des grenades lacrymogènes dans le passage souterrain où se sont réfugiés des manifestants ».

C'est toute l'histoire contemporaine que je rencontrais dans les albums photo qui s'entassaient sur les étagères de sa chambre. Mon frère et moi, on ne parlait guère et il n'aimait pas que j'entre dans sa chambre. Pourtant, il ne m'interdisait pas de regarder ses albums. Parfois (rarement, il est vrai), il sortait quelques clichés et me fournissait des explications. Ses photos, certes, parlaient d'elles-mêmes, mais pour certaines, il avait envie d'apporter des précisions. Je l'écoutais avec dévotion. J'étais ému déjà par le fait qu'il daignât ajouter des commentaires à mon intention. Mon cœur battait fort : n'était-ce pas une façon pour lui de me hisser à son niveau ? Mais ces moments étaient rares. En général, il me faisait sentit que lui et moi, on ne jouait pas dans la même catégorie.

CHAPITRE 8

Il n'est pas inutile de préciser ici, me semble-t-il, que quelqu'un s'était glissé entre mon frère et moi. À vrai dire, présenter les choses ainsi ne lui plairait certainement pas. Lui dirait plutôt que c'est moi qui m'étais glissé entre lui et cette personne. Interprétation que je ne perdrais pas mon temps à réfuter. Si l'on veut à tout prix se donner la peine d'examiner l'ordre dans lequel les choses se sont produites, c'est moi qui m'étais, effectivement, glissé entre eux.

Cette tierce personne s'appelait Sunmi. Elle avait les cheveux courts, coupés au carré. Elle ne se maquillait jamais, ne portait guère que des T-shirts blancs qui faisaient ressortir la clarté de son teint. Son sourire, radieux comme un soleil de mai, provoquait d'adorables petits plis au coin des yeux. Elle était l'amie de mon frère et elle chantait fort joliment.

Je ne dis pas cela juste en passant : elle chantait souvent pour mon frère. Quand je l'entendais dans sa chambre, mon cœur se déchirait de jalousie et d'envie. Mon frère aimait l'écouter. J'imagine qu'elle aussi prenait plaisir à chanter pour lui. La cassette que je conserve atteste qu'elle avait d'incontestables talents.

Elle faisait des enregistrements en s'accompagnant elle-même à la guitare. Elle enregistrait ses chansons dans la chambre de mon frète, il lui arrivait aussi d'apporter des cassettes faites ailleurs. Parmi les chansons enregistrées, il y en avait une dont elle était l'auteur, paroles et musique. Je l'ai si souvent entendue que je la connais par cœur : *Prends mon cœur en photo, mon photographe.* Bien entendu, il s'agit d'une chanson dédiée à mon frère. Quand il était à la maison, il écoutait tout le temps ces cassettes. La maison vivait en permanence au rythme des chansons de Sunmi.

Je ne sais pas au juste quand cela a commencé, quand mon cœur s'est embrasé pour elle.

De retour de ma première fugue, mes parents ne me poussaient plus à faire des études supérieures. Ils avaient bien compris que si j'avais fui l'école préparatoire, c'était parce que je m'y sentais en prison, et que, s'ils insistaient, j'allais de nouveau ficher le camp. Mon père ne disait rien parce qu'il était dans son tempérament de ne rien dire. Ma mère, elle, prenait bien soin de ne pas aborder le sujet. Quant à mon frère, tout occupé à couvrir les événements avec ses photos, il ne s'intéressait pas à moi. Au retour de ma fugue (j'avais été absent tout un mois), il ne m'a rien dit. Peut-être même n'a-t-il jamais su que j'avais fugué.

Dans ces circonstances, je jouissais d'une sorte de liberté qui, curieusement, m'a rendu sensible au statut particulier que j'avais alors. J'ai pris conscience de ce que j'étais un étudiant qui préparait, pour la troisième année consécutive, l'examen d'entrée à l'université. Et cela m'a donné l'envie de travailler. Conséquence tout à fait imprévue et presque embarrassante pour quelqu'un comme moi, je me suis remis spontanément au travail.

C'est à ce moment que tout a commencé. Pour être précis : le dernier jour d'avril, jour où les cerisiers en pleine floraison ont, d'un coup, perdu leurs fleurs. Lorsqu'elle a sonné, c'est moi qui, hélas, lui ai ouvert. Cheveux courts, pas de maquillage, T-shirt blanc sur un jean délavé. Quand elle a dit bonjour, j'ai eu tout de suite l'impression que son sourire illuminait l'entrée. J'ai dû bredouiller : qui cherchez-vous ? quel bon vent vous amène ? je ne sais plus. Elle a donné le nom de mon frère, puis m'a demandé si j'étais son cadet, et s'il était à la maison. J'ignorais s'il était là ou non et je le lui ai dit. Elle m'a taquiné : « Comment ? vous ne savez pas si votre frère est là ? » J'avais l'impression d'être grondé, mais ce n'était pas désagréable du tout. Elle a dit : « Je pense qu'il est en train de développer des photos, je vais aller voir. » Elle est passée devant moi et s'est dirigée vers sa chambre. D'un pas léger, alerte. Je la voyais pour la première fois.

Coup de foudre ? Je ne crois pas. Enfin peut-être, mais je ne me voyais pas, alors, à la suite de cette première rencontre, entretenir avec elle une relation personnelle, intime, exclusive, puisqu'il était clair qu'elle était l'amie de mon frère, destinée sans doute à devenir sa femme. Je n'ai pas, ce jour-là, pressenti que bientôt viendrait le moment où le fait qu'elle soit l'amie de mon frère me ferait souffrir. Ses chansons y ont peut-être été pour quelque chose. Elles m'ont troublé, séduit, et finalement ôté la raison.

Mon frère, à l'occasion de l'une de ses visites, lui a demandé de chanter. « Chante pour moi », lui ai-je entendu dire alors que je passais fortuitement devant sa porte. J'ai prêté une oreille indiscrète. Elle gloussait comme une petite fille chatouilleuse. Peut-être était-il d'ailleurs en train de la chatouiller. « D'accord, d'accord... », a-t-elle fini par concéder d'une voix bien assurée. J'ai attendu. Mais comme s'il avait deviné que j'écoutais à la porte, il s'est mis à chuchoter. J'entendais sa voix sans le comprendre. Sunmi a répondu : « Je ne peux pas chanter comme ça. » Il y avait de la bonne humeur dans son intonation, je voyais bien qu'elle n'était pas vraiment réticente. Mon frère a fait « chuttt ! » pour qu'elle baisse le ton. Le rire de Sunmi s'est fait plus discret, mais je les ai entendus glousser encore un bon moment.

Tout vient de ce que je n'aie pas su m'éloigner. Je pourrais avancer en guise d'excuse que ma curiosité était plus forte que moi, mais, à mon avis, quand je repense à ces instants, il ne s'agissait pas seulement d'une curiosité malsaine. J'attendais avec anxiété qu'elle se mette à chanter. Pourquoi ? je ne sais pas au juste. Mon attente était peut-être plus vive que celle de mon frère. Qu'une femme chante pour un être unique, pour celui qu'elle aime, cela me faisait battre le cœur. Quoi de plus romantique ! J'étais pris dans une sorte d'extase. Comment aurais-je pu m'éloigner ?

L'instant d'après, elle s'est mise à chanter. C'était un air connu. Elle avait une belle voix. Et, chose insensée, j'ai été saisi tout d'un coup par un sentiment de violente jalousie. De la jalousie ! Est-ce que j'avais le droit d'être jaloux ? Pourtant, j'étais incapable de lutter contre ce sentiment. Le seul fait de me sentir à proximité d'elle tandis qu'elle se tenait devant mon frère me rendait fou de jalousie. Que pouvais-je donc faire ?

C'est ainsi que m'a pris ce qu'on appelle le mal d'amour. Quand Sunmi et mon frère s'enfermaient dans sa chambre, quand ils riaient ensemble, quand je l'entendais chanter pour lui en s'accompagnant à la guitare, j'étais au bord de la folie, j'étais incapable de continuer à travailler dans mon bureau, je me plantais devant la chambre, tous mes sens aux aguets.

Elle est très vite entrée dans mes rêves. Elle y chantait pour moi seul, j'étais celui à qui étaient destinées ses chansons. Des chansons douces et exaltantes. J'embrassais sa guitare. Le bois était tendre et tiède comme sa peau. Les couplets devenaient ses bras qui m'enveloppaient, la mélodie prolongeait sa langue qui s'insinuait entre mes lèvres. Je m'introduisais dans l'ouverture de sa guitare. L'intérieur était sombre et d'une douceur extraordinaire. Je suivais un labyrinthe et parvenais à une caverne où je me blottissais. Je m'y sentais merveilleusement bien. Toutes ces nuits-là, sans exception, j'éjaculais dans mon sommeil.

CHAPITRE 9

Je m'étais mis à éprouver de la haine pour mon frère. Plus mon amour pour Sunmi grandissait, plus ma haine devenait violente. Aimer une femme ne pouvait être une faute morale, tel était mon credo. Et je me justifiais en me disant que, puisqu'il s'agissait d'aimer et non de haïr, le sentiment que j'éprouvais était juste, je pouvais en tirer fierté. Je ne voulais voir que ce qu'il y a d'universellement vrai dans ce sentiment, sans prendre le moins du monde en compte la personne à qui il s'adressait. Je ne voyais qu'une notion abstraite, que l'idée de l'amour. Mais, dans la réalité, l'amour ne vit pas dans une bulle. Qu'il prenne naissance, qu'il soit avoué, ou encore qu'il ne soit pas partagé, cela se produit toujours dans une situation particulière. Il n'y a d'amour que particulier. Cela, je ne le voyais pas. Mais les hommes sont prompts à s'aveugler, à mettre sous leurs yeux des vérités qui les arrangent.

Je me suis quand même interrogé sur ce qui posait problème dans mon amour pour elle, ce qui m'empêchait de l'assumer en toute quiétude. Réponse : la présence de mon frère. Au lieu de m'inquiéter pourquoi, nom de Dieu ! j'étais tombé amoureux de l'amie de mon frère, je me suis demandé de quel droit, diable ! il venait se mettre en travers. Le monde entier tournait autour de mon nombril. J'étais le commencement de tout, avant moi il n'y avait rien ; avant mon amour, le néant. Personne n'avait jamais aimé, il n'y avait eu d'autre amour que le mien. Donc, l'amour de mon frère ne pouvait être. Et même s'il avait existé, je n'étais pas près de l'admettre !... Quand on en est là, c'est grave. Et dangereux. Il y avait de quoi s'inquiéter.

Un jour, j'ai profité de l'absence de mon frère pour m'introduire chez lui. Le visage en feu, j'avais le cœur qui battait à tout rompre tandis que je cherchais des indices, des traces de... de je ne sais quoi, dans la chambre de mon rival. Je ne comptais pas trouver quoi que ce fût qui viendrait changer fondamentalement la donne, mais j'espérais quand même des résultats, sans trop savoir lesquels.

À peine sa porte ouverte, j'ai vacillé de surprise au point que tout s'est troublé sous mes yeux, la tête me tournait, j'ai dû m'essuyer le front de la paume. Ce qui avait eu raison de moi, c'était un parfum. Un parfum gravé dans ma mémoire, qui s'y était logé par je ne sais quel mystère. Ce parfum que je n'ai pas su identifier sur le coup, c'était bien sûr celui de Sunmi. La chambre de mon frère renfermait le parfum de Sunmi ! Dans la chambre de mon frère, ce n'est pas son odeur à lui que je sentais (avait-il d'ailleurs une odeur particulière ?), mais le parfum de cette fille ! Sentir là son odeur à elle ! Quoi de plus insupportable, de plus odieux ? Étaient-ils donc si intimement liés ? Mon frère possédait jusqu'à son odeur ! Animé par la jalousie, je me suis mis à fouiller dans ses affaires. Dans un paquet de photos qui n'avait pas encore été rangé, j'en découvris une de Sunmi. Elle était tout sourire sous un cerisier en fleur. Je me suis emparé du cliché comme si je n'étais venu que pour le dénicher. Et quand je suis tombé sur une cassette avec, au dos, l'inscription « Chansons de Sunmi pour Uhyon », mon cœur s'est brisé. Je l'ai emportée elle aussi. J'ai glissé la photo dans mon calepin et placé la cassette dans mon baladeur. Je me suis mis à bouquiner, le casque aux oreilles ; de temps en temps, je sortais la photo pour la contempler longuement.

Le lendemain, mon frère a constaté la disparition. Il m'a demandé si je n'étais pas entré dans sa chambre. J'ai nié énergiquement, en disant que non, jamais de la vie ! « Bizarre, où est-ce que c'est passé alors ? » marmonnait-il en regardant sur son bureau, en fouillant dans ses tiroirs. Il a passé au peigne fin le salon, la salle à manger, et même la chambre de nos parents. Ce qu'il cherchait, c'était la photo et la cassette de son amie. Mais je faisais semblant de ne rien savoir. Je me suis collé les écouteurs sur les oreilles : les chansons de Sunmi s'écoulaient doucement en moi. Sa voix était d'autant plus séduisante que je savourais la situation : j'écoutais cette voix exquise à l'insu de mon frère au moment même où il cherchait désespérément cette cassette. Comme si je lui avais ravi provisoirement Sunmi.

De ce jour, mon frère m'a retiré sa confiance et me l'a signifié en verrouillant sa porte chaque fois qu'il sortait. Mais à la maison on avait des passes qui permettaient d'ouvrir toutes les portes. Rien de plus facile que d'entrer de nouveau dans sa chambre. Je pouvais, quand je voulais, aller y sentir le parfum de Sunmi et quérir les traces laissées par elle dans les affaires de mon frère.

Les photos des manifs, bien qu'elles ne fussent pas ce que je cherchais, ont beaucoup retenu mon attention. Le ciel obstrué par les gaz, les grenades lacrymogènes qui explosent, les cocktails Molotov qui volent, le bouclier humain formé par des jeunes au coude à coude, les visages ravagés par la douleur, les matraques des policiers levées haut dans le ciel, les mains brandissant des fanions, les bouches clamant des slogans, tout cela était là sous mes yeux, figé sur du papier glacé. Autant d'images qui m'instruisaient sur ce qui se passait en ville. Ce sont elles qui m'ont appris où je vivais, quel air je respirais.

La question que je me posais, ce n'était pas de savoir pourquoi il collectionnait de telles scènes, mais pourquoi il ne photographiait pas son amie. Parmi tous ces clichés, il n'y en avait aucun d'elle. Même la photo que j'avais subtilisée, ce n'est pas lui qui l'avait prise. Pourquoi n'avait-il pas le désir de tirer le portrait de sa bien-aimée devant un bel arrière-plan ? Était-ce sa théorie sur le réalisme photographique qui l'en empêchait ? Qu'il s'abstînt de photographier son amie restait pour moi un mystère. Comment pouvait-elle aimer un tel homme ? J'en éprouvais de la peine pour elle.

Cela n'a pas empêché Sunmi de lui offrir une autre cassette de chansons. J'ai pu le vérifier dans sa chambre. J'ai été tenté de la subtiliser elle aussi, mais je me suis dit que ce serait aller trop loin. Pour tout dire, je me suis quand même permis de l'écouter. Retenant ma respiration, j'étais tout ouïe.

L'enregistrement avait été réalisé en présence de mon frère : j'entendais sa voix se mêler, ici et là, au rire de Sunmi. Après la deuxième chanson, s'insérait un dialogue.

« Tu es ma muse », disait-il. « Tu es mon fauve », enchaînait Sunmi en éclatant de rire. « Chante-moi : *Prends mon cœur en photo, mon photographe* », demandait mon frère. « J'allais justement la chanter, mon photographe », répliquait Sunmi. « Peut-être qu'il y a quelqu'un dans le couloir ? » s'inquiétait-elle. Lui : « Ne t'en fais pas, ma mère n'est pas encore rentrée, mon père est allé se promener, Kihyon travaille dans sa chambre. » Un silence. Puis Sunmi : « Avec ton frère, comment ça se passe ? » Lui : « Quoi donc ? » Elle : « Je veux dire en général, comme ça. » Lui : « Je ne vois pas ce que tu veux dire, mais tu n'as pas à te casser la tête à cause de lui. » Elle, en riant : « Mais moi, ça ne me laisse pas indifférente. — Où veux-tu en venir ? » demandait mon frère devenu grave. « Ce n'est pas quelque chose que je puisse exprimer comme ça en un mot, mais je trouve son regard... son regard un peu... en tout cas je sens quelque chose. » À partir de là, j'ai retenu mon souffle. « Son regard ? » demandait mon frère. Sa question dénotait une vague inquiétude, de la perplexité, il semblait se poser quantité de questions... Mon regard ? Qu'avait-elle bien pu y lire ? C'est vrai, il y avait sans doute quelque chose dans mon regard. Si celui-ci l'avait gêné, c'est qu'elle était perspicace, non ? « J'ai une drôle d'impression quand il me regarde, je ne sais pas quoi, peut-être suis-je trop sensible », poursuivait-elle. Elle avait donc, effectivement, flairé quelque chose, et elle aurait voulu en parler...

Quoi qu'il en soit, elle n'a pas donné de réponse claire, elle n'est pas allée jusqu'au bout de sa pensée. « Oui, il y a un truc de pas net », continuait mon frère. J'étais très tendu en l'écoutant. « Non, oublions cela, dit-elle alors, je dis des bêtises, je vais te chanter *Prends mon cœur en photo, mon photographe,* tu chantes avec moi ? » Premiers accords de guitare. « Si jamais tu regardes ailleurs, gare à toi, hein ! » La voix de mon frère a vite été couverte par l'instrument. C'est Sunmi qui chantait :

Je t'ai donné mon cœur.
De toi, je n'ai pas reçu un regard
Alors que je suis là depuis si longtemps.
Combien de temps me faudra-t-il encore attendre ?
Avant qu'il ne disparaisse sans laisser de trace,
Prends mon cœur en photo, mon photographe...

J'avoue qu'entrer dans la chambre de mon frère était devenu une habitude. Je voulais résister (ma conduite, je m'en doutais, était loin d'être irréprochable), mais c'était plus fort que moi. Aller chercher les clés, me diriger vers sa porte, étaient des choses que j'accomplissais quasiment sans m'en rendre compte. J'y allais presque tous les jours. J'écoutais les chansons de Sunmi, immergé dans la douceur de son parfum. Dans ces moments, mon cœur d'abord bondissait comme un cheval lancé à fond de train puis recouvrait son calme et devenait paisible comme un lac immobile et profond par un jour sans vent. Ce sont les tourments suscités par une jalousie démente qui faisaient battre mon cœur au premier chef. Mais cet état de crise valait mieux que le calme qui suivait. Car la douce torpeur qui régnait dans la chambre m'assoupissait, ce qui provoqua un jour un méchant incident.

Ça devait arriver ! Mon frère me réveilla. On a beau se dire que ça doit arriver, quand ça vous tombe dessus, ce n'est pas rien. Bousculé par un coup de pied, je n'ai pas compris tout de suite ce qui se passait. Il m'a fallu quelques secondes pour recoller les morceaux, identifier ce visage dont le regard plongeait sur moi, me souvenir du lieu où j'étais allongé. Les chansons de Sunmi avaient cessé. Tout avait retrouvé sa place.

J'étais dans mes petits souliers. Je me suis levé. Du moins ai-je tenté de le faire, mais je me suis écroulé sous les coups de pied. « Espèce de merdeux, qu'est-ce que tu fous dans ma chambre ? » Il était dans une colère noire. Comme je ne trouvais pas anormal qu'il soit furieux, je ne disais rien, je restais juste accroupi. Et lui, comme il savait bien que sa colère était juste, il ne lésinait pas sur les coups dont il me bourrait les côtes.

« Je te trouvais bizarre depuis quelque temps. Quand je rentrais, j'avais chaque fois l'impression que quelqu'un était venu farfouiller. Des choses ont disparu. Je savais bien qu'il n'y avait que toi pour t'abaisser à ça. Qu'est-ce qui t'arrive, hein ? Pourquoi tu fais des trucs pareils ? Tu ne vois pas comme tu es minable ? Qu'est-ce que tu veux ? »

Il débitait ses reproches à toute vitesse. Tellement vite, avec tant de brutalité, que je n'aurais de toute façon pas pu répondre. Mais comme je n'avais pas l'intention de répondre, c'était très bien ainsi. Je remerciais le ciel qu'il ne fût pas accompagné de Sunmi. Si elle avait été présente, oh là là ! rien que d'y penser, j'en avais le vertige. Pour rien au monde je n'aurais voulu qu'elle me voie en train d'être battu comme un chien par mon frère. Oui, dans cette maison, on me traitait comme un chien, comme un rien du tout. C'est bien pour cette raison que je n'aurais pas supporté d'être vu d'elle à ce moment-là.

CHAPITRE 10

J'ignore à partir de quand au juste mon frère avait commencé à me soupçonner. Le jour où il m'a découvert endormi dans sa chambre n'a fait que confirmer les soupçons qu'il nourrissait déjà. Lorsqu'il m'a dit que j'étais minable, il voulait, en même temps, faire allusion à ses soupçons et m'avertir. Avertissement qu'il ne pouvait, cela va de soi, me donner que de façon indirecte et allusive. Avoir pour rival un type aussi médiocre que moi, cela devait l'humilier. Il a dû se faire violence pour ne pas aborder la chose de front.

Mais il aurait fallu bien davantage que les quelques coups de pied reçus ce jour-là pour que je renonce. Bien au contraire, cela n'aboutit qu'à susciter en moi du ressentiment et le désir, tout nouveau pour moi, de le défier. Autant dire qu'en me frappant, il avait commis une erreur. Son geste a eu pour effet de délivrer cette passion tenue jusque-là soigneusement cachée au tréfonds de moi comme en une grotte obscure. Me voici donc rongé du désir de déclarer mes sentiments à l'élue de mon cœur. Animé d'un amour à sens unique, morbide, compulsif, qui allait m'armer de toutes les audaces. Je l'aimais tellement qu'elle ne pouvait pas ne pas m'aimer elle aussi. De cela, il ne m'a pas été difficile de me persuader. J'étais aveuglé par l'amour, en proie à toutes les chimères.

Mu par ma passion et mes fantasmes, je me suis rendu chez elle. C'était un dimanche. Ce jour-là, devait avoir lieu une manifestation gigantesque dans les rues du centre. On disait que les figures les plus en vue de l'opposition s'étaient unies avec les dissidents pour se dresser contre la dictature militaire. Mon frère était sorti très tôt avec son appareil photo. Nul doute qu'il passerait la totalité de la journée en ville.

J'ai pris un bus pour aller chez Sunmi. Elle habitait à la périphérie de la ville, dans un quartier où je n'avais jamais mis les pieds. Les seules indications dont je disposais étaient une adresse trouvée sur une enveloppe. Bien entendu, il s'agissait d'une lettre qu'elle avait envoyée à mon frère. En la découvrant, j'eus d'abord la tentation de l'ouvrir, mais j'avais résisté et m'étais contenté de recopier l'adresse dans mon calepin. Peut-être lui écrirai-je un jour, m'étais-je dit.

Je n'ai pas eu de mal à trouver où elle habitait. Il s'agissait d'un appartement dans un grand complexe, bien balisé, comme il y en a tant à Séoul. C'est probablement sa mère qui m'a répondu par l'interphone. Elle était sur ses gardes. Un étranger qui demandait à voir sa fille, qu'est-ce que cela pouvait-il bien signifier ? Elle m'a tout de même répondu, plutôt gentiment pour quelqu'un qui se méfiait, que Sunmi était sortie, peut-être à la bibliothèque, qu'elle ignorait quand elle reviendrait. J'ai dit que j'allais l'attendre, là, dehors. Elle a répondu que l'heure de son retour était absolument imprévisible. J'ai dit que ça ne faisait rien, que j'étais bien décidé à rester là jusqu'à ce qu'elle rentre. J'ai tué le temps en marchant dans la cité, en regardant, assis sur un banc, des gamins qui jouaient. Toutes les heures, je retournais à la porte de son appartement et je sonnais pour savoir si elle était revenue. Quand le soleil s'est couché, je me suis installé carrément au pied de son immeuble, devant l'entrée.

Lorsque, vers vingt et une heures, j'ai sonné de nouveau, la même personne (sa mère ?) m'a répondu. Elle s'étonnait que je ne sois pas parti. Il y avait dans sa voix une sorte de tremblotement de peur qui m'a surpris. Que pouvait-elle donc redouter ? « Il est tard, rentrez chez vous, on verra demain. » Elle a dit cela sur le ton de la supplication, comme si elle me demandait une grande faveur. J'ai répondu qu'elle n'avait pas à se faire de souci pour moi. J'étais loin d'imaginer la dose d'effroi que suscitaient mes questions. Je n'avais tout simplement aucune idée de l'inquiétude de cette dame. Rien d'étonnant à cela, puisque j'étais à mille lieux d'imaginer que les sentiments que j'éprouvais pour Sunmi, sans être nullement payés de retour, puissent occasionner un quelconque dommage. Puisqu'il s'agissait de sentiments à sens unique, ces choses-là ne regardaient que moi, et, si quelqu'un devait subir un préjudice, c'était moi, moi seul. Voilà ce que je me disais, on ne pouvait imaginer, dans cette affaire, d'autre victime que moi.

Vers vingt-deux heures, quelqu'un m'a tapé sur l'épaule. J'étais assis sur les marches à l'entrée de l'immeuble. Je ne pense pas que je dormais même si j'ai eu l'impression qu'on m'arrachait au sommeil. « C'est toi qui es venu voir Sunmi ? » J'ai levé les yeux vers celui qui m'interrogeait, un homme très grand, genre armoire à glace, en costume. Une autorité naturelle émanait de lui. J'aurais voulu me lever, mais sa main sur mon épaule pesait d'un poids énorme. Pourtant, il ne donnait pas l'impression de fournir un soupçon d'effort. Je me sentais réduit à néant. « C'est lui ? » a-t-il demandé en tournant la tête. J'ai aperçu le visage d'une dame âgée, craintive, à moitié caché par la porte entrouverte de l'appartement.

« Qui es-tu ? Pourquoi tu veux voir Sunmi ? Pourquoi tu viens faire tout ce bordel ? » a demandé l'homme, soulignant chaque question d'une pression sur mon épaule, histoire de bien me mettre dans la tête que, s'il le voulait, il pouvait m'enfoncer sous terre. Je lui ai répondu que j'aimais Sunmi, voilà tout, et que j'étais juste venu lui dire que je l'aimais. Je ne sais comment l'autre avait reçu mon message, mais, pour ce qui me concernait, c'est le courage qui me l'avait dicté. « Ainsi, tu l'aimes ! » ricanait le type. Qu'on traite sur le mode de la dérision ce qui était pour moi la plus authentique vérité dépassait mon entendement. « Pourquoi donc riez-vous ? » lui ai-je demandé, d'un ton rogue. « Tu n'es qu'un petit crétin mal élevé. Ma belle-sœur ne te connaît même pas, grand nigaud ! » Ainsi avais-je au moins appris qu'il était le beau-frère de Sunmi. C'est sa belle-mère qui avait dû l'appeler à son secours, et il était sans doute accouru de son bureau.

Mais pour moi, tout cela n'avait pas d'importance. L'essentiel, c'était Sunmi, sa voix, son cœur. J'ai haussé le ton, j'ai crié qu'il disait n'importe quoi. Que moi, je la connaissais ! Qu'elle me comprenait, qu'elle m'aimait !... C'est du moins ce que je me disais. Je m'étais même persuadé qu'elle m'aimait en retour, qu'elle dissimulait ses sentiments à cause de mon frère ou de je ne sais quoi d'autre, qu'au fond, elle était tout comme moi condamnée au silence à cause de lui. Qu'il me fallait donc prendre l'initiative de rompre ce cercle vicieux... Oh ! la puissance trompeuse de l'amour ! Leurres et chimères de l'amour ! Je vivais en pleins fantasmes...

« Ah bon ! je dis n'importe quoi ? » a repris l'homme avec un sourire en coin qui avait le don de me mettre hors de moi. Puis, en se retournant : « Alors, Sunmi, dis-moi, qu'est-ce que tu en penses ? » J'ai, moi aussi, tourné la tête. Elle était donc là ? Était-ce possible ? Elle avait été témoin de toute la scène ? Et sans dire un mot en ma faveur ? Toutes ces questions, je me les suis vraiment posées. J'avais du mal à y croire, mais telle était la vérité : Sunmi se trouvait bel et bien derrière nous. Je me sentais à la fois ravi, désolé et honteux de me trouver devant elle à ce moment-là. « Sunmi, ce qu'il dit est faux, n'est-ce pas ? » Je la suppliais de témoigner en ma faveur.

Sourde à ma prière, elle est passée devant moi sans un mot, filant vers la porte vitrée de l'appartement. Sa mère l'a serrée dans ses bras comme si elle accueillait un enfant que des ravisseurs viendraient juste de libérer. J'étais en enfer. Qu'est-ce que je fous là ? me demandais-je en réfléchissant à ce qui venait de se passer. J'avais l'impression de sortir d'un mauvais rêve. Désarçonné, je me suis laissé choir. L'homme (son beau-frère, donc), l'air satisfait, frappa dans ses mains, geste qui signifiait au cercle des badauds qui avait commencé à se former autour de nous que le spectacle était terminé, qu'il n'y avait plus rien à voir.

« Fiche le camp, et qu'on ne te revoie plus ! Si jamais tu remets les pieds ici, je t'écrabouille ! » Sur ces mots, il s'est engouffré dans l'appartement où avait disparu Sunmi l'instant d'avant. Le salon était inondé de lumière, des ombres remuaient près de la fenêtre. Ils devaient m'épier pour savoir où j'en étais. Peut-être elle aussi. J'aurais ressenti à peu près la même chose si je m'étais trouvé sous des avions en train de larguer des bombes. Qu'elle soit passée devant moi en faisant comme si elle ne me connaissait pas m'avait précipité dans la pure folie. Je tambourinais des pieds contre le sol en poussant des cris hystériques.

CHAPITRE 11

« T'es une ordure ! » hurlait mon frère, « t'es pas un homme, t'es un fils de chienne ! » À vrai dire, il ne s'exprimait pas aussi bien que cela. Il était tellement outré, il se sentait tellement mortifié qu'il ne parvenait pas à articuler. Pour lui, il était impensable qu'un moins que rien comme moi pût aimer la même fille que lui. Vouloir rivaliser avec lui, quel insupportable outrage !

Cela se passait peu après que le type qui m'avait menacé (le beauf de Sunmi) fut rentré dans l'appartement. Je me roulais par terre de façon hystérique moins parce que ce type m'avait humilié qu'à cause du dédain total dont Sunmi m'avait gratifié. C'est mon frère qui a mis un terme à ma gesticulation. Quelqu'un avait dû l'appeler. Sunmi ? Je n'en sais trop rien, mais c'est assez vraisemblable. Mon frère avait le visage en feu, les yeux lui sortaient de la tête. Il m'a relevé, je le voyais remuer les lèvres pour dire des choses, mais ce qu'il disait n'avait ni queue ni tête, c'était juste des sons. Tout d'un coup, il m'a forcé à le suivre et nous sommes sortis de la cité. Il me traînait exactement comme on traîne un chien. Il avait une poigne d'une force ! Impossible de me dégager. Je me disais qu'il allait me tuer. Et d'ailleurs, c'était peut-être bien sa véritable intention.

Il a fini par me jeter sur le gazon. On se trouvait dans un petit parc entre la cité résidentielle et une avenue. Malgré les quelques lampadaires qui se trouvaient là, il faisait fort sombre. Il était tard, on ne voyait plus personne. Un endroit peut-être pas tout à fait idéal, mais pas si mal choisi pour me faire la peau. Il s'est jeté sur moi pour me bourrer de coups de poing. Il était d'une fièvre, d'une violence ! Il avait le visage cramoisi. Mais dans les coups qu'il me portait, je sentais aussi que quelque chose le retenait, qu'il n'avait pas l'intention de me tuer. Et s'il me frappait, c'était parce que, en réalité, il ne savait que faire d'autre. Ce qui me désarmait complètement. Je ne lui opposais aucune résistance, je ramassais une raclée sans rendre le moindre coup. Non que je les mérite, ces coups. Penser les mériter, c'eût été faire injure à l'idée qui m'était venue de l'amour, cet amour qu'aucune contrainte, aucune condition ne pouvaient entraver. Mon frère avait l'air de croire que, si je le laissais cogner, c'était parce que j'avais ce que je méritais. Mais je ne voulais surtout pas m'opposer à lui sous prétexte qu'il pensait différemment de moi. Je n'ai donc pas levé le pouce pour réformer sa façon de voir. J'avais le visage en sang. Mes vêtements étaient tout souillés de mon sang, ceux de mon frère aussi. Pourtant, je ne ressentais rien.

« T'es qu'une ordure, un fils de chienne ! » vociférait-il, « tu encombres, va-t-en, va-t-en, allez, fiche le camp ! » Ensuite, il s'est mis à pleurer. Moi je gardais mon calme en face de lui. Je n'étais pas hébété au point de ne pas percevoir combien il se sentait humilié. Ni au point d'ignorer que celui qui lui infligeait pareil affront, c'était moi, son frère.

J'aurais préféré qu'il parle franchement. Qu'il dise, par exemple : « Ne touche pas à Sunmi, elle est à moi, ne lui tourne pas autour, etc. » Ça nous aurait permis de parler, j'aurais pu lui dire ce que je pensais. Mais il ne l'a pas fait. Il ne voulait pas échanger ce genre de propos avec moi. Par amour-propre. Il ne daignait pas parler avec un vaurien comme moi, un fils de chienne. Chose que je comprenais fort bien.

Si j'ai quitté la maison trois jours plus tard, ce n'est pas parce qu'il m'avait dit de déguerpir. Ce n'est pas non plus parce qu'il m'avait fichu une raclée ou que j'avais peur. Je suis désolé de l'avouer, mais je ne craignais pas les menaces de mon frère. Que pouvait-il me faire à part me traiter de fils de chienne, me filer des coups de poing et se mettre à chialer ? En somme, faire un caca nerveux. Et je me fichais bien de son amour-propre démesuré. Tout ce qu'il savait, c'était s'infliger du mal, à lui-même. Si j'ai quitté la maison, ce n'est pas à cause de lui, mon frère, c'est à cause de Sunmi. Ah ! cette froideur ! impossible de l'oublier. Sur son visage à moitié caché par les badauds, j'avais lu l'étonnement, la crainte, la méfiance. Et ce rictus narquois qu'elle avait esquissé en disparaissant dans les bras de sa mère ! Tout cela était resté gravé en moi. J'avais beau fermer les yeux, les ouvrir, je revoyais toujours cette image. Les coups de mon frère m'avaient semblé indolores parce que j'étais anesthésié par la réaction de Sunmi. Mes neurones étaient paralysés. Et rien qui me laisse espérer un quelconque changement. Impossible, dans ces conditions, de mener une vie normale. Le temps passait et je demeurais dans cet état de totale hébétude. Il va sans dire que mes études pour préparer l'examen d'entrée à l'université restaient en rade.

Je ne me sentais plus capable de vivre sous le même toit que mon frère. Sa seule présence réveillait sans arrêt la pensée d'elle. Ce qui m'a décidé, en définitive, c'est un mot de ma mère. Elle me trouvait immoral. « Comment as-tu pu faire ça à ton frère ? Que t'a-t-il fait, lui ? » À mon sens, elle poussait le bouchon un peu trop loin. Elle se comportait comme si je m'en étais pris à une femme qui aurait été la concubine de mon père. Bien entendu, ce n'était pas le cas. Je m'étais dit que ces problèmes entre mon frère et moi ne la regardaient pas vraiment. Quitte à s'en mêler, elle devait éviter de prendre parti. Mais comme en réalité elle ne pouvait rester neutre, il valait mieux qu'elle n'y mette pas son nez. Moi, j'étais au désespoir, je haïssais cette maison, ce n'était plus la mienne, n'importe quel autre endroit serait plus vivable. Et puis, j'avais déjà fait une fugue, alors, décamper, ça ne me coûterait guère.

En quittant la maison, j'ai pris son appareil photo, en guise de trophée, histoire de célébrer l'événement. Dans mes idées un peu simplettes de l'époque, cet appareil était ce que mon frère avait de plus précieux. C'était même davantage qu'un objet. En l'emportant, je lui ravissais une partie de lui-même. Cet appareil fétiche était son œil, sa bouche. Un œil d'une fidélité totale, une bouche qui parlait toujours droit. Sans lui, il devenait aveugle et muet. Pas difficile d'imaginer son émoi, sa fureur quand il constaterait sa disparition. Par ce geste, je voulais provoquer l'irrémédiable afin de m'ôter toute possibilité de retour à la maison. Semblable aux généraux les plus résolus, j'ai donc brûlé mes vaisseaux. Je ne cacherai pas que j'espérais aussi retirer quelque profit de la vente du précieux objet. Lorsque, la sacoche en bandoulière, je suis parti, je n'ai pas pu me retenir de sourire. Une sorte de frisson de satisfaction, né sur mon épaule à l'endroit même où pesait légèrement la courroie, a irradié tout mon corps jusqu'aux extrémités des membres.

Le marchand avait l'air content. Il a regardé l'appareil sous toutes les coutures, m'a demandé pourquoi je voulais me défaire d'un si bel objet. Il ne cachait pas son désir de l'acquérir. À l'époque, un Nikon FM2 était une rareté en Corée. C'est ma mère qui l'avait ramené du Japon à la demande de mon frère. Les objectifs de 135 et 200 mm qu'il avait achetés séparément étaient également exceptionnels. Le commerçant ne fut pas long à réaliser qu'il ne s'agissait pas d'un matériel de simple amateur. Au lieu de me proposer un prix, il m'a demandé combien j'espérais. Sans doute par respect pour le professionnel qu'il croyait avoir en face de lui. Mais je n'étais pas l'homme de l'art qu'il imaginait, je ne connaissais rien au fonctionnement de ces appareils et n'avais aucune inclination pour la photo. L'air complètement résigné, je lui dis que je prendrais ce qu'il voulait bien m'en donner. Il a lu, sur mon visage, dans l'intonation de ma voix, le fatalisme de la victime. Il dut croire que j'étais forcé de me défaire de ce bijou auquel je tenais sûrement comme à la prunelle de mes yeux. Un revers de fortune, et il faut vendre, pas le choix. Il compatissait, m'agaçant avec des considérations des plus fastidieuses, du genre : vous l'avez très bien entretenu. Puis il me dit que, même d'occasion, les appareils de ce modèle se revendaient au prix du neuf. Il m'a ensuite proposé un prix. Un montant bien supérieur à ce que j'avais imaginé. J'ai failli lui demander s'il valait vraiment si cher. Mais il ne fallait pas que je quitte le rôle de celui que les aléas de la vie obligent à vendre ce qui lui tient le plus à cœur. J'ai acquiescé en prenant l'air meurtri mais résigné d'un grand professionnel. Lui, il a ouvert son coffre-fort sans se départir du rôle de celui qui compatit, partage la tristesse du photographe au moment où il se voit contraint de sacrifier un précieux matériel. Nous jouions l'un et l'autre la comédie. Qui n'est pas comédien en ce monde ? Nous étions obligés de jouer l'un et l'autre le rôle qui nous avait été imparti. Oui, il me fallait jouer. Jouer la comédie. Ainsi va le monde.

Avant de me remettre l'argent, le commerçant m'a demandé mon nom et mon adresse, juste pour la forme. Rien que de bien normal. « Bien entendu », ai-je acquiescé, et, sur le registre qu'il me tendait, j'ai noté le numéro de téléphone et l'adresse de la maison, et, après une seconde d'hésitation, le nom de mon frère au lieu du mien. Déjà navré de vendre un objet appartenant à mon frère, je n'allais pas de surcroît mettre un autre nom que le sien : il faut savoir respecter un minimum d'étiquette ! Pour bien montrer que c'était vraiment pour la forme, il n'a pas regardé ce que je venais d'écrire. Il m'a tendu les billets en disant : « Vérifiez. » Mais je les ai fourrés dans ma poche tout de suite. « Repassez de temps en temps. Sur Jongno, il n'y a pas beaucoup de magasins aussi bien fournis qu'ici. » Il m'a salué avec un sourire mâtiné de componction, j'ai répondu par un petit signe de la tête et, maussade, j'ai ouvert la porte. Nous avions l'un et l'autre tenu notre rôle, scrupuleusement, jusqu'au bout.

« On dirait qu'il y a encore une pellicule dedans ? » ai-je entendu le marchand dire dans mon dos au moment où je sortais. « Ce n'est pas grave », ai-je répondu sans même me retourner. Pour bien montrer que ça m'était complètement égal. Quel rapport, en effet, avais-je avec les photos qui étaient là-dedans ? Pourtant, à ce moment, j'étais loin de me douter que cette pellicule trouverait sa place dans le drame que mon frère et moi étions en train de jouer.

Plus tard, en effet, j'ai appris que des policiers en civil sont allés fouiller la chambre de mon frère à la maison. Ils lui ont pris toutes ses photos. Comment aurais-je pu prévoir qu'ils l'emmèneraient, lui et ses amis, qu'ils lui confisqueraient ses photos, qu'ils l'enverraient à l'armée, qu'ils lui couperaient les jambes ?

Mon frère a perdu ses jambes, il a perdu ses photos. Depuis, il n'a plus jamais fait de photos. Il a aussi perdu Sunmi. Je ne sais pas comment ils se sont quittés. Tout ce que je sais, c'est qu'elle n'est plus avec lui. Moi, je ne lui avais pris que son appareil photo, mais lui il a perdu trop de choses. Je suis certain que c'est le nom et l'adresse et la pellicule laissés chez le marchand qui ont déclenché tous ses malheurs. Cela m'obsédait, c'était insupportable.

Le responsable de tout, c'était moi. Il fallait que je me rachète. Ma dette était énorme, écrasante. Bien souvent, je me suis dit que les années qu'il me serait encore donné à vivre, je devais les consacrer à mon frère pour rembourser ma dette.

CHAPITRE 12

Lorsque je lui ai mis sous le nez le même type d'appareil que celui que je lui avais dérobé plusieurs années plus tôt, mon frère a détourné les yeux sans rien dire. Il avait l'air à la fois surpris et gêné. Surtout, il ne savait pas bien quelle contenance adopter. Je lui ai dit en bredouillant que j'aimerais bien qu'il se remette à la photo. J'avais le cœur serré. Lui faire cette proposition n'allait pas décharger ma conscience du poids de ma dette, je le savais bien. Mais je souhaitais sincèrement qu'il reprenne son appareil et retrouve son assurance d'autrefois, sa fierté et, pourquoi pas, son orgueil.

J'avais beaucoup hésité avant de me décider. N'était-ce pas un geste d'une excessive hardiesse, qui risquait d'être perçu comme une insulte ? Est-ce que ça n'allait pas lui rappeler les moments difficiles et gâcher son humeur ? L'appareil était resté trois jours sur le bureau de ma chambre. Il faisait tache. Manifestement, sa véritable place était ailleurs, inutile d'hésiter plus longtemps. Je me suis armé de courage et, l'appareil sous le bras, je me suis rendu dans la chambre de mon frère.

« Pour le trouver, celui-là, je me suis tapé tous les

magasins de Jongno. » Comme il continuait de garder le silence, un silence pesant, inconfortable, je disais n'importe quoi, histoire de débloquer la situation. Cela dit, c'est vrai que j'avais visité quasiment tous les magasins de Jongno pour dénicher cet appareil. Riche du premier versement de mon client anonyme, je disposais d'une jolie petite somme. En vérité, j'avais dit à ce dernier (plus exactement : hurlé !) que je ne travaillerais plus pour lui ; en conséquence, je ne me sentais guère autorisé à vider mon compte bancaire. Mais à qui aurais-je pu retourner l'argent de ce client qui s'entêtait à me faire travailler. Après tout, cette enquête m'intéressait peut-être. Quoi qu'il en soit, cet argent sur mon compte était une tentation. J'ai finalement décidé de l'utiliser non pas parce que c'était toute ma fortune, mais vraiment pour pousser mon frère à se remettre à la photo. Pour cela, il lui fallait un appareil, le même que celui que je lui avais pris. J'ai fini par penser que cet argent m'était tombé du ciel justement à cette fin, inutile de tordre le nez dessus plus longtemps.

J'étais donc allé à Jongno où je pensais retrouver tout de suite mon magasin. Mais ces boutiques exiguës se ressemblent toutes. Avec des enseignes et des noms presque identiques. Si jamais je tombais sur le patron, me disais-je, je le reconnaîtrais. Chimère là aussi ! Mon bonhomme, la quarantaine, pas très grand, légèrement dégarni, léger embonpoint, visage rubicond, ne se trouvait nulle part. Après avoir accompli plusieurs fois la tournée des magasins, j'ai fini par admettre que c'était peine perdue que de vouloir « le mien » à tout prix. Quand bien même je retrouverais cette boutique, rien ne me garantissait que l'appareil photo y serait encore. Bien sûr, ce serait merveilleux de le récupérer, cet appareil, celui-là même que mon frère avait tenu dans ses mains, y laissant un peu de la sueur de ses doigts. Mais pourquoi rêver ? Ce serait déjà bien de mettre la main sur un appareil du même modèle. Finalement, j'ai choisi un magasin au hasard et j'ai acheté un FM2 qu'on m'a d'ailleurs fait payer plutôt cher.

C'est pour meubler le silence que, balbutiant, j'ai raconté longuement mon périple dans Jongno. Quand j'ai eu terminé, mon frère s'est contenté de dire : « Tu n'aurais pas dû. » Par ces simples mots, il rejetait mon invitation à se remettre à la photo. Mais j'ai fait comme si je n'avais pas entendu, je n'ai pas lâché prise. Au début, j'avais un peu de mal à enchaîner les phrases, mais finalement j'ai été plus éloquent que je n'imaginais pouvoir l'être.

« Tu te rappelles, j'allais souvent dans ta chambre pour que tu me montres tes photos. Des fois, tu les commentais. Et puis, tu me disais de bien les regarder, parce qu'elles exprimaient la vérité. Tu me disais : ça, c'est la vérité. Tu disais que si tu faisais des photos, c'était pour capter la vérité, la faire connaître, fixer sa manifestation. Quand tu parlais comme ça, tu étais tellement fier, tu étais magnifique. C'est par tes photos que j'ai appris la vérité de notre siècle. Je ne lisais pas les journaux, je ne m'en donnais pas la peine. Parce que les journaux n'étaient jamais aussi vrais, aussi sincères que tes photos. Moi, j'avais sous les yeux la vérité de notre époque toute nue. C'est dans ces images que j'ai découvert la tristesse, le désespoir, la colère de ces années-là. »

Par l'effet de mes paroles, l'atmosphère devenait de plus en plus lourde. Je n'aime pas devenir grave, pourtant je n'y pouvais rien. Pourquoi certains souvenirs ne finissent-ils pas par s'alléger avec le temps? « Au fait, en regardant tes photos, je me disais qu'il y manquait quelque chose. Je ne savais pas quoi au juste, mais maintenant je sais. Il manquait les fleurs, les arbres, les nuages, la mer. J'aurais préféré que tes photos ne soient pas seulement des documents, qu'elles captent aussi la beauté. J'étais d'accord avec toi en général, mais j'aurais bien aimé que tu te places du point de vue des sens et de l'imagination, et pas seulement du point de vue de l'éthique. Je souhaitais, il me semble, que la vérité, tu ne la recherches pas uniquement dans l'histoire et la société, mais aussi dans la nature et les individus. Que tu ne fermes pas les yeux sur des strates entières de la réalité. Que tu n'ignores pas le nu, ou le portrait. Ton amie, tu aurais pu la photographier avec des fleurs en arrière-plan, ou des arbres, des nuages, ou encore la mer. Si, comme tu sais, je fouillais dans ta chambre, c'était dans l'espoir d'y trouver ce genre de photos. »

Le visage de mon frère se déformait. Ne fais pas machine arrière, s'écriait une voix en moi. Il aurait fallu que je m'arrête, je le savais bien, mais je ne pouvais pas. Une force me possédait, me poussait de l'avant. « Reprends ton appareil, regarde de nouveau le monde à travers l'objectif. Sers-t'en pour nous montrer que le monde est beau. Comme cela, je me sentirai un peu moins coupable. Fais comme je te dis, fais-le pour moi, s'il te plaît... »

J'aurais dû m'arrêter avant, tandis qu'il en était

encore temps. Mais je n'avais pas pu. J'étais allé trop loin.

J'ai vu ses yeux, tout point focal perdu, se tourner vers le plafond. Sa mine s'est allongée, il est devenu pâle, défait, fripé. Il se contorsionnait pour contenir la tension qui le torturait. Malgré ses efforts, sa bouche s'est ouverte toute grande comme pour un exercice de solfège, et il a poussé un cri affreux. Un rugissement de fauve. Il s'est mis à tirer sur l'encolure de son T-shirt comme s'il l'empêchait de respirer. Le T-shirt n'a pas résisté, il s'est déchiré d'un coup. Mon frère s'en est pris à ses autres vêtements. Lorsqu'il en est venu à bout, il s'est mis à se lacérer le corps de ses ongles. Ses dix ongles entraient dans sa peau tendre et blanche qui n'avait pas vu le soleil depuis belle lurette. Des traînées rouges sont apparues sur sa poitrine comme si une fourche venait d'y creuser des sillons. Il se roulait par terre pour étouffer des flammes imaginaires. Sa tête heurtait les murs et le sol avec une brutalité inouïe. Du sang inondait son visage. Suant par tous les pores de sa peau, il ne cessait de hurler. L'animal qui habitait son corps s'agitait frénétiquement pour s'en échapper.

Sur le coup, je ne sus pas quoi faire. Je le considérais bouche bée. Puis je me suis ressaisi, j'ai essayé de le maîtriser, mais sans y parvenir. J'avais du mal à croire qu'il fût capable de pareille force. On aurait dit qu'il y avait, dans son corps, une bombe sur le point d'exploser. Ou plutôt, qu'il était une bombe. Ma mère m'avait dit qu'en général, il allait bien, mais que lorsqu'il avait une crise, il déchirait ses vêtements, se griffait, se cognait la tête contre les murs... rien de plus horrible à voir. C'est exactement ce qui s'accomplissait sous mes yeux. Comme s'il faisait ce cirque pour illustrer ce que notre mère m'avait dit. Qu'avait-elle dit encore ? « Après, il se déshabille, il se traîne par terre, il fait des choses... ce n'est pas facile d'en parler... des choses honteuses... il se masturbe... il se met du sperme partout... c'est affreux. » Affreux, oui. Je me suis jeté sur mon frère en fermant les yeux. Il était maintenant tout nu, en proie à des convulsions violentes, le visage inondé de sueur, de larmes et de sang... oui, ce n'était pas beau à voir. Mon visage, mes vêtements à moi aussi étaient couverts de sa sueur, de ses larmes, de son sang. Et je ne parvenais toujours pas à le maîtriser.

« Il y a quelqu'un à la maison ? » J'ai appelé tout en cognant du pied contre la porte. La femme de ménage était sans doute allée faire des courses. « Il y a quelqu'un ? À l'aide ! »

Mon père est arrivé au bout d'un bon moment, alors que mon frère, nu, rampait en poussant des cris dont il était difficile de dire si c'était des éclats de rire ou des sanglots. Lui restait sur le pas de la porte. D'un signe du menton, j'ai désigné mon frère. Ce qui voulait dire : faites quelque chose. Mais mon père n'avait nullement besoin de ce genre d'invite, il voyait tout et entendait tout. Il ne manifesta d'ailleurs aucun signe de surprise. Il regardait la scène du haut de sa taille, indifférent. « Laisse-le », m'a-t-il lancé. Comment ça, le laisser ? Qu'est-ce qu'il voulait dire ?

« Regardez, il souffre horriblement ! Comment peut-on l'abandonner ainsi ? Comment ? » Mon père a répété : « Laisse-le et sors d'ici. » Comme j'ignorais son ordre, « Sors ! Laisse-le ! » répéta-t-il sèchement. Je ne l'avais jamais entendu parler avec autant de fermeté et ne pouvais qu'obéir. J'ai donc délaissé mon frère en train d'agiter sa chose frénétiquement. Mon père a claqué la porte pour regagner sa chambre.

« Quel crétin ! » a-t-il dit encore sans que je puisse savoir à qui cela s'adressait.

Au bout d'une demi-heure, mon frère s'est calmé. Mon père savait, lui, que pendant la crise, il fallait le laisser seul. La présence d'un témoin ne faisait qu'empirer les choses. Le crétin, c'était peut-être bien moi.

La chambre de mon frère se trouvait dans un état pitoyable. On aurait dit qu'une bombe avait explosé. Objets brisés, tiroirs grands ouverts. Vautré au milieu des débris, le corps nu de mon frère, tel un jouet cassé. Yeux clos, membres sans vie. Ah ! ces jambes coupées au dessus du genou ! Les blessures dont son corps était constellé témoignaient de la violence de la scène. Du sperme partout. Faible odeur aigrelette. Le sol était glissant. Je ne savais où mettre les pieds, j'étais bouleversé. Compassion, haine, tristesse, culpabilité, tout cela se bousculait en moi, m'interdisant d'avancer un pas de plus.

« Sors de là ! » m'a dit mon père en m'écartant. Il est entré, il a poussé un grand soupir puis, marmonnant des choses inaudibles, il a ouvert la fenêtre. Enfin, il a porté mon frère dans la salle de bains attenant à la chambre. Dans les bras de mon père, il faisait l'effet d'un petit enfant. J'ignore s'il avait repris connaissance.

Mon père l'a posé sur le siège spécialement installé pour lui dans la baignoire. Il a ouvert le robinet de la douche, mis la main sous le jet pour vérifier la température, et lorsque l'eau lui a paru suffisamment chaude, il a aspergé le corps de mon frère. Lui, restait immobile. Yeux clos, lèvres serrées, il donnait l'impression de réprimer une émotion violente. Il avait la tête de celui qui est sur le point d'éclater en sanglots. Cette scène me mettait terriblement mal à l'aise. Je suis retourné dans la chambre dans l'idée de la nettoyer. Mais je manquai m'affaler à plusieurs reprises à cause du plancher glissant et mes mouvements devinrent raides et gauches.

Mon père a savonné mon frère, il l'a nettoyé puis l'a séché avec soin. Il mettait beaucoup d'application et de sérieux à cette toilette. Je ne le connaissais pas sous cet angle. J'aurais donné cher pour connaître ses pensées à ce moment, mais je n'ai pas osé lui poser de questions.

Il a couché mon frère sur son lit. Corps nu semblable à celui d'un enfant. Il appartenait maintenant à un univers dépourvu de désir charnel, au royaume immaculé de l'enfance. Mon père lui a appliqué un onguent sur ses blessures, puis il a étendu sur lui une couverture légère. Sans jamais dire un mot. Mon frère s'est tourné contre le mur et a remonté la couverture sur sa tête. À cet instant précis, j'ai été saisi par une intuition dont le sens ne s'est pas révélé à moi aussitôt.

Revenu avec une éponge, mon père s'est mis à nettoyer la chambre. Je lui ai dit que j'allais le faire, mais sans lui prendre l'éponge des mains. Il a poursuivi son travail, histoire de souligner que ma proposition n'était que pure politesse. Il a multiplié les allers et retours pour jeter les objets cassés et rincer son éponge. Calme, imperturbable jusqu'au bout, il a continué de frotter ici et là. La couverture sous laquelle se cachait mon frère tremblotait. Ne sachant quelle contenance adopter, je me suis esquivé.

CHAPITRE 13

Lorsque mon frère a remonté la couverture sur sa tête en se tournant vers le mur, j'ai pris brusquement conscience de l'empire qu'exerçait sur moi cette intuition.

Il me fallait aller prendre l'air. J'ai quitté la maison et me suis rendu au parc de la tombe royale. J'ai suivi l'allée jusqu'au bout et là, j'ai vu l'aliboufier qui enlaçait le pin de ses branches souples et lisses, et je suis resté posté face à l'obscurité du sous-bois où nul ne s'aventure jamais. Au bout d'un moment, m'est apparu le visage, grave, de mon frère, et, par je ne sais quel mystère, j'ai pris conscience qu'au plus profond de cette tête, il y avait Sunmi. Les psychiatres ne prétendent-ils pas que le diagnostic de la cause est le premier pas vers la guérison. S'ils disent vrai, c'est Sunmi et elle seule qui détenait la clé de la guérison de mon frère. Et si quelqu'un pouvait l'aider, ce n'étaient pas les filles du Marché aux lotus, c'était Sunmi. J'avais négligé cette vérité pourtant évidente. Je n'avais pas voulu savoir comment ils s'étaient quittés, ni ce qu'elle était devenue. Alors que ces choses-là, d'habitude, m'intéressent au plus haut point. Sans doute parce que je n'avais pas réussi à extirper Sunmi de mon cœur. Je ne voulais pas me laisser emporter dans le monde où elle vivait. Ni la faire resurgir dans mon propre univers. Ç'aurait été au-delà de mes forces. Ce n'était pas comme si je l'avais oubliée. Je ne pensais pas, d'ailleurs, qu'il me fallait l'oublier. Il me suffisait de savoir qu'elle menait sa vie dans un autre monde que le mien. Vivre autre part. Ainsi s'expliquait ma fugue. Tentative qui, dans une certaine mesure, avait été une réussite. Que Sunmi n'ait pas été auprès de mon frère à mon retour était une excellente chose. De temps à autre, le souvenir de sa voix resurgissait dans ma tête, je croyais l'entendre chanter pour de vrai, s'accompagnant à la guitare. Dans ces occasions, je l'évoquais, comme autrefois, en train de chanter à mon intention exclusive, et puis je riais de moi, de mon imagination absurde, d'un rire nerveux. Elle était devenue l'absente. C'était bien ainsi, et juste.

Mais désormais, quelque chose en moi me disait qu'il fallait aller la chercher. L'ordre m'était dicté davantage par une intuition que par une conclusion logique. C'était comme une sorte d'annonciation, d'origine surnaturelle. Il était de mon devoir de la retrouver. Il me fallait m'atteler sur-le-champ à cette tâche, sans même prendre le temps de me soucier de ce que je ferais devant elle. Impatient, j'ai repris le chemin de la maison.

Mon frère, épuisé, devait sans doute dormir. De toute façon, même réveillé, il n'était pas question de l'interroger sur Sunmi. Je pouvais poser des questions à mon père, mais il n'était pas certain qu'il me réponde. J'avais envie de m'adresser à lui parce que sa façon de s'occuper de mon frère m'avait beaucoup touché. Il y avait, dans cette sollicitude paternelle, quelque chose de mystérieux et d'émouvant. Et puis, la conscience m'était venue que, en fin de compte, je le connaissais bien peu, ce père. Ma réflexion allait d'ailleurs au-delà de sa seule personne : jusqu'à quel point connaissais-je ma mère, et mon frère ? Il me fallait m'avouer que je les connaissais fort mal les uns et les autres. Les membres de ma famille passaient trop peu de temps ensemble dans un même espace. J'en ressentais une sorte de tristesse. Une tristesse qui me submergeait. Je me suis mis à courir jusqu'à la maison, il fallait que je soulage vite mon cœur.

Mon père était devant le poste. La télé occupait l'essentiel de son temps. Sinon, il faisait des parties solitaires de go, arrosait les plantes vertes, se promenait. La télé marchait toute la journée. Grâce au câble, on pouvait capter plus d'une cinquantaine de chaînes. Pourtant, il ne zappait jamais. C'était toujours la même chaîne, celle qui retransmettait invariablement des parties de go. Jamais il ne regardait les informations ou les dramatiques. Il avait l'air de se ficher pas mal de la façon dont allait le monde, il ne lisait pas non plus les journaux. En fait, moi non plus je ne les lisais pas.

Mon père avait l'air un peu fatigué. Je lui ai apporté du café, mais il ne s'est même pas retourné. En posant le plateau, j'ai jeté un coup d'œil sur ce qu'il regardait. Il s'agissait d'une partie entre un professionnel et un joueur qui exerçait une profession libérale. Au bas de l'écran, un sous-titre indiquait que l'amateur concourait pour l'obtention du grade de troisième degré. Mon père était complètement absorbé par le jeu. Il m'est venu à l'idée qu'il voulait mesurer, lui aussi, son niveau. Pour qui ne connaît rien au go, ce jeu est terriblement ennuyeux. Je suis resté auprès de mon père à lorgner ces échanges à mourir d'ennui en sirotant ma tasse de café. Mon père n'a pas quitté l'écran des yeux, ni touché au café que je lui avais apporté, il n'a pas porté la moindre attention à ma présence. Pour lui parler, il fallait d'abord que cette partie s'achève, mais impossible pour moi d'en deviner l'issue. Alors, j'ai repris ma tasse vide et j'ai quitté sa chambre.

Et puis, d'une poche de mon sac de voyage, j'ai tiré la cassette avec les chansons de Sunmi, chose qui ne m'était pas arrivée depuis fort longtemps. Je l'avais prise avec moi quand j'avais quitté la maison. Chaque fois que je repensais à ce qui s'était passé, j'écoutais la cassette. Je n'ai jamais considéré qu'il me fallait oublier ces chansons. Je n'ai jamais tenté un instant de les oublier. Aucune raison, donc, de ne pas les écouter. Au contraire même. À force d'écoute, j'avais réussi à dompter ma passion, à l'empêcher de me jeter dans une aventure à l'issue plus qu'incertaine. Sans cette cassette, je ne sais combien de fois je me serais précipité à la rencontre de Sunmi. Après mon retour à la maison, je ne l'avais plus jamais écoutée. Je ne l'avais même pas sortie de mon sac. Peut-être à cause de la présence de mon frère, ou parce que j'avais retrouvé la capacité de maîtriser mes sentiments. C'est peut-être pour cela, d'ailleurs, que j'étais revenu à la maison.

J'ai inséré la cassette dans l'appareil et j'ai pris un casque. Je voulais écouter seul. En tout cas pour le moment.

Je t'ai donné mon cœur.
De toi, je n'ai pas reçu un regard
Alors que je suis là depuis si longtemps...
Combien de temps me faudra-t-il encore attendre ?
Avant qu'il ne disparaisse sans laisser de trace,
Prends mon cœur en photo, mon photographe...

La chanson s'est répandue en moi comme un parfum connu. Exactement à l'identique.

CHAPITRE 14

Retrouver Sunmi n'était pas très difficile. D'ailleurs, c'était mon boulot de retrouver des gens. Je me souvenais de l'endroit où elle habitait quelques années plus tôt avec sa famille. J'avais toujours son adresse et son téléphone. J'ai donc commencé par appeler. Quand j'ai dit que je souhaitais parler à Sunmi, une dame à la voix cassée, probablement âgée, m'a répondu brutalement que cette personne n'habitait plus là. J'ai appelé le 114 pour obtenir son nouveau numéro.

D'après les informations communiquées par la mairie, sa famille avait déménagé trois ans plus tôt pour s'installer dans un quartier de Séoul pas très éloigné. J'ai appelé le nouveau numéro. Une grosse voix d'homme m'a répondu, sans doute son père. Quand j'ai exprimé ma requête, il m'a, en retour, demandé qui j'étais. J'ai hésité. Qui étais-je, en effet, pour elle ? Mais le plus urgent était de savoir qui j'étais pour son père. « ... parler à Sunmi », l'ai-je entendu prononcer tout bas au cours d'un monologue assez long pour me permettre d'y lire les doutes et soupçons qu'éprouvait à mon égard l'interlocuteur au bout du fil. J'ai répondu que j'étais un ancien ami à elle. Alors, sans même me demander mon nom, il a répondu : « Il n'y a pas de Sunmi ici », et il a raccroché.

Je ne pouvais pas rappeler immédiatement. Qu'en déduire, en tout cas, sinon qu'elle ne demeurait plus chez ses parents. Vivait-elle seule, était-elle devenue autonome, mariée ? Après tout, c'était dans l'ordre des choses, rien d'étonnant à cela. Elle devait avoir trente ans maintenant. N'empêche que j'éprouvais un peu de dépit.

J'ai rappelé le lendemain et j'ai fini par obtenir son numéro. L'homme qui semblait bien être son père ne se souvenait pas de mon coup de fil. Normal, parce qu'il n'avait jamais eu d'appel du président de l'Association des anciens de l'université de Sunmi. J'ai prétendu être le président de cette association. Technique apprise en travaillant pour la compagnie Votre Serviteur. J'ai dit que nous étions en train de préparer une fête qui réunirait tous les anciens étudiants et que je vérifiais leurs coordonnées. Sans flairer le piège, il m'a donné l'adresse et le numéro de téléphone de Sunmi. Je l'ai remercié avant de raccrocher.

Elle avait déménagé dans une ville satellite à l'est de Séoul. Elle habitait un immeuble de cinq étages, un petit immeuble donc, non loin du centre commercial, dans un lotissement au pied de la montagne. De grands arbres à larges feuilles faisaient de l'ombre. Je l'ai attendue pendant dix-sept heures. Durée assez longue, mais pas excessive. Lorsque je travaillais pour Votre Serviteur, il m'est arrivé une fois de rester planqué sans bouger vingt-huit heures durant. Il s'agissait de filer une femme, et elle n'avait pas mis le nez dehors plus d'un jour et une nuit d'affilée. Je crois bien que mon client, c'est-à-dire son mari (lequel m'avait passé cette commande avant de partir en mission en province), était d'une jalousie maladive.

De la terrasse du centre commercial, j'avais une vue plongeante sur son appartement. Je voyais l'entrée de l'immeuble et même une partie de l'appartement. Tout l'après-midi, les rideaux étaient restés tirés devant les fenêtres. Ils n'ont été ouverts qu'à la tombée du jour, lorsque les lampadaires, dehors, se sont allumés. À ce moment-là, je venais de finir mon troisième café (je les prenais en canettes au distributeur automatique). Quand enfin la lumière se fit chez elle, j'en étais à mon quatrième. J'avais, dans mon cœur, l'empreinte de son image, encore si nette : coupe de cheveux au carré, absence de maquillage, T-shirt blanc, et ce sourire si frais... un rayon de soleil printanier. Lorsque j'ai ajusté mes jumelles, je me suis senti fondre d'émotion. Elle était là. Coupe au carré, sans fard.

Elle se mouvait avec légèreté. On aurait dit qu'elle flottait dans l'air. Elle était entrée dans sa chambre pour se changer et venait de réapparaître. Sa robe bleue ornée de motifs Walt Disney épousait les formes galbées de son corps, souples et fluides comme celles d'un poisson. Elle nageait dans l'espace avec la grâce des poissons. Elle est allée dans la salle de bains, en est ressortie en s'essuyant le visage, elle a vidé son panier pour en ranger le contenu dans le réfrigérateur, elle a fait couler l'eau dans l'évier, lavé une pêche, mordu dans le fruit à pleines dents. J'ai imaginé le jus qui coulait de ses lèvres sur sa main. Elle rinçait, triait, cuisait, ouvrait et fermait le réfrigérateur pour préparer son repas. Puis elle s'est assise sur la banquette, son dîner sans doute prêt. Elle a allumé la télévision presque aussitôt éteinte pour mettre en marche la chaîne hi-fi, elle a inséré un disque. Je n'entendais rien. Mais je voyais Sunmi en train d'écouter. Elle a repoussé ses cheveux en arrière. Ils se sont déployés sur le dossier de la banquette, bleu avec des motifs variés. Elle est demeurée un moment dans cette position. Je regardais, les yeux rivés à mes jumelles. Elle fermait les yeux. Elle devait être fatiguée après sa journée. Peut-être s'endormait-elle.

J'ai posé mes jumelles, j'ai voulu boire un peu de café, mais ma canette était déjà vide. Tout en écrasant la boîte métallique, je me suis dit qu'il fallait l'appeler. J'ai tiré mon portable de ma poche. La sonnerie a retenti. Le téléphone plaqué à l'oreille, j'ai pointé les jumelles sur son appartement. Pas question de manquer le moindre de ses mouvements, aussi insignifiant soit-il. J'aurais voulu capter jusqu'aux tourbillons de l'air qu'elle respirait, ou encore, la mélodie que distillait sa chaîne. À la deuxième sonnerie, elle a bougé. Elle a relevé la tête, tourné les yeux d'un côté. À la sonnerie suivante, elle s'est redressée lentement. Elle s'est avancée d'une démarche indécise, comme une personne qu'on vient d'arracher au sommeil. Mon cœur battait la chamade. Elle s'apprêtait à répondre. J'ai mis la main sur mon portable pour dissimuler ma respiration haletante. Deux sonneries encore, et elle a disparu un instant de mon champ de vision.

À ma grande surprise, elle n'était plus seule. Elle venait de resurgir en compagnie d'un homme. Celui-ci, costume bleu marine, a jeté son attaché-case noir sur la banquette puis s'est laissé choir à la place où

Sunmi était assise l'instant d'avant. Tout en desserrant le nœud de sa cravate, il disait quelque chose que, naturellement, je ne pouvais entendre.

Ensuite, elle s'est dirigée vers le téléphone d'un pas précipité comme si elle se sentait coupable de l'avoir laissé sonner aussi longtemps. Quand elle a pris le combiné, elle parlait à l'homme sur la banquette, l'air de dire qu'elle se fichait que le téléphone s'arrête de sonner. Sa voix a retenti enfin à mon oreille. « Allô ? » Je suis resté muet. Le fonctionnement de mon cerveau se trouvait mis à mal par l'écart incommensurable qui séparait les deux situations, celle où j'avais fait le numéro et celle où elle répondait. Impossible de lui parler dans une situation pareille. Ça n'a pas de sens de téléphoner à une personne tout en scrutant à distance l'espace où elle se trouve. Même si le visiophone devient populaire, moi je ne l'utiliserai jamais. Ces pensées saugrenues me traversaient la tête (une tête en panne !) à cette minute, allez savoir pourquoi. « Allô, j'écoute », a-t-elle dit de nouveau. Elle me pressait. Mais je ne pouvais toujours pas parler. Haussant les épaules, elle a échangé un coup d'œil avec l'homme effondré sur la banquette. Lui aussi a haussé les épaules en disant quelque chose. J'ai vaguement perçu sa voix. Il a fait un geste de la main, un geste qui, même à mes yeux à moi qui ne le voyais qu'à l'aide de jumelles depuis la terrasse du centre commercial, se laissait aisément interpréter : raccroche et viens te jeter dans mes bras. Elle ne s'est pas méprise sur sa signification.

Je l'ai vue raccrocher et se diriger vers lui. La ligne a été coupée, mais je n'ai pas pu pour autant détourner mes jumelles. C'est absurde de téléphoner en regardant l'endroit où se trouve votre interlocuteur, me suis-je redit malgré moi. Elle s'est assise sur les genoux de l'homme. J'ai vu deux bras l'enlacer. Son corps s'est fondu contre celui de l'homme. J'ai vu une main ondoyer dans le dos de Sunmi.

Alors, j'ai cessé de regarder. Parce que mes jumelles ont glissé de mes doigts. Elles ont même été endommagées : une petite fissure à un embout. Je me suis laissé choir sur le béton, sans même songer à les ramasser. Mon cerveau était toujours en panne. J'ai laissé échapper un rire moqueur, mais c'était sur moi que j'ironisais, c'était de moi que j'avais pitié. Une question nouvelle surgissait : qui était Sunmi pour moi ? Jusque-là, je n'avais été qu'une personne indélicate qui écoutait ses chansons en cachette — j'avais des frissons quand je l'entendais les fredonner pour un autre. Et voilà que, ce jour-là, j'étais devenu un espion qui l'épiait. Une fois de plus, elle se trouvait avec un autre que moi. Je me sentais absolument misérable. J'avais, contre toute évidence, l'impression qu'elle me réduisait à la position de témoin pour me narguer.

Oubliant le but de ma visite, je me suis dit que je n'avais plus qu'à rentrer. Un système de défense instinctif s'est enclenché en moi pour prohiber des moments de honte pareils. Je me suis levé. Le couple était passé à table. Je suis descendu en courant.

CHAPITRE 15

Elle est partie de chez elle à huit heures vingt du matin. Avec une voiture rouge sombre. Je la guettais depuis l'aube dans ma bagnole garée devant son immeuble. Elle conduisait prudemment, ce qui a facilité ma filature.

La nuit précédente, je n'avais finalement pas pu m'en aller. Je voulais partir en effet, mais quelque chose me retenait : c'est que (la conscience m'en vint bien tardivement) j'étais là pour mon frère, pas pour moi, pas pour satisfaire mes désirs. Dans un premier temps, j'avais envisagé d'aller calmer ma faim dans un restaurant du centre commercial. Puis, changeant d'avis, je suis allé boire une bière dans les parages du complexe. Je suis revenu lentement du bistrot, en marchant d'un pas d'ivrogne. Lorsque j'ai regagné la terrasse du centre commercial avec, sous le bras, des canettes de bière achetées au passage dans une supérette, je me sentais pitoyable.

Un rideau était tendu devant les fenêtres. Comme sur l'avant-scène après la représentation. Je voyais vaguement évoluer des ombres à travers le tissu. Je me suis toujours demandé ce que faisaient les comédiens sur le plateau une fois le rideau tombé. J'ouvrais tout grand les yeux pour tenter de saisir ce qui se passait. J'avais beau faire, je ne voyais rien d'autre que de vagues ombres. Je n'avais d'autre ressource que de mobiliser mon imagination. Alors, mon cœur s'emballait, j'avais le vertige. Je cessais d'épier. Je me suis rappelé amèrement l'époque où, à vingt-deux ans, je surveillais la chambre de mon frère. Elle était la femme d'un autre. Aveuglante évidence ! Aujourd'hui rien n'avait changé...

Assis, seul, sur la terrasse du centre commercial (le béton gardait le souvenir du soleil de la journée), j'ai vidé l'une après l'autre mes canettes de bière. Je serais resté jusqu'au point du jour si le gardien, lampe de poche en main, n'était venu fourrer son nez par ici. Debout devant la porte, il a crié : « Qui va là ? » Il a braqué sa lampe sur moi. J'ai tenté de me protéger de la lumière en levant un bras. « Descendez en vitesse ! » a-t-il crié sans oser s'approcher. Quelqu'un de pas très téméraire, mais soucieux de bien faire son travail. Je lui ai fait signe de la main que j'avais compris et je me suis levé. Par terre, tout autour de moi, il y avait plein de canettes vides. À grands coups de pied, je les ai envoyées valdinguer pour manifester ma mauvaise humeur.

Avant de descendre, je n'ai pas pu m'empêcher de jeter un coup d'œil vers les fenêtres. Le rideau était toujours tendu. J'ai demandé l'heure au gardien. De près, son visage accusait beaucoup de rides. « Il est au moins onze heures », m'a répondu le vieil homme sans se départir de cette raideur que lui conférait sa fonction. Je suis passé sous son nez et suis descendu.

Je n'avais plus qu'à rentrer à la maison.

... Son mariage semblait lui réussir. Inutile de lui rappeler le passé, me disais-je. Revenir sur le passé, cela aurait pu être utile à mon frère, ou à moi, mais pour elle, quel intérêt ?

Je serais bien rentré à la maison si je n'étais tombé sur l'homme qui venait de sortir de chez elle. Il portait un costume bleu marine et tenait un attaché-case noir à la main. En tous points identique au type surgi dans la soirée sous la double focale de mes jumelles. Il s'est dirigé vers le parking d'un pas décidé, il est passé tout près de moi. Surpris, je l'ai longuement observé. Par chance, il ne faisait pas trop sombre, des lampadaires versaient leur lumière ici et là, ce qui m'a permis de satisfaire ma curiosité. Cheveux courts, teint un peu rouge, des lunettes sur un regard assez dur, il marchait bien droit. En la voyant s'éloigner, de dos, j'ai eu l'impression que cette silhouette ne m'était pas inconnue. Intuition vague mais soutenue. Là, sur place, je me suis mis à fouiller dans ma mémoire. Il me rappelait en même temps quelqu'un et personne. L'homme a quitté le complexe immobilier au volant d'une voiture de la même couleur que sa veste. Sunmi était seule dans l'appartement, j'allais donc pouvoir l'épier. Mon cœur cédait à la panique, il a comme basculé tout d'un coup dans l'abîme. Mais la question de savoir qui était cet homme tempérait un peu mon trouble. Où avais-je donc vu ce type ? Comme la lumière s'est bientôt éteinte dans l'appartement de

Sunmi, j'ai quitté les lieux pour me rendre dans un *yogwan*[1].

Je voulais d'abord dormir un peu. J'avais tellement bu depuis la tombée de la nuit qu'une impression de sombrer m'étreignait. Je me suis glissé sous la couverture dans l'espoir qu'ensuite ça irait mieux. Je me suis assoupi tout de suite, mais mon sommeil restait léger. Je naviguais d'un rêve à l'autre, et, à un moment donné, j'ai ouvert un œil. Je me suis retrouvé subitement assis.

C'est lui ! me suis-je écrié. À compter de cet instant, impossible de me rendormir. J'attendais l'aube, et, avant même que le jour se lève, je suis sorti.

Sa voiture s'est arrêtée à la bibliothèque municipale. Tout en me garant non loin, je me suis demandé ce que j'allais faire. À sa façon de marcher, il était aisé de conclure qu'elle ne venait pas là en simple lectrice. Elle devait y travailler. J'avais deviné juste. Il m'a fallu attendre dehors une demi-heure car la bibliothèque n'ouvrait ses portes qu'à neuf heures. Quand je suis entré, je l'ai trouvée penchée sur son ordinateur, la tête inclinée à trente degrés, dans sa fonction de documentaliste. Je la regardais, dissimulé derrière les rayons de livres.

Elle n'était pas maquillée. Cheveux coupés court. Teint pâle comme avant. Mais elle n'avait plus ce sourire frais comme un rayon de soleil printanier. Sa silhouette inclinée me faisait penser à un feuillage ombragé. Je me suis dit qu'il fallait y voir la marque du temps.

1. Hôtel traditionnel bon marché.

La bibliothèque était plongée dans le silence. De rares usagers se trouvaient là pour lire ou chercher quelque livre. J'aurais voulu qu'elle m'aperçoive, mais elle ne levait pas la tête. Quand des personnes lui tendaient les livres qu'elles souhaitaient emprunter, elle en ôtait les fiches pour enregistrer les emprunts. Cela, elle le faisait sans lever la tête. J'avais même l'impression qu'elle ne voulait pas voir le visage des gens. Comme si un mécanisme en elle provoquait ce mouvement de repli sur soi. « L'amour ? » Le souvenir de l'homme taillé en armoire à glace qui m'avait jeté ce mot à la figure avec un air de parfait mépris a resurgi en moi avec la soudaineté d'un coup de foudre. Sous son regard moqueur, ma vérité avait été piétinée sans pitié. L'incident avait beau remonter à loin, il me semblait que c'était arrivé hier.

Elle s'est levée pour se diriger vers les rayonnages. Elle est passée devant moi avec un tas de livres dans les bras. La pile, pas très stable, lui montait jusque sous le menton. Son passage a provoqué un léger souffle d'air. J'ai respiré doucement le parfum qu'elle laissait derrière elle. Un parfum de pêche très doux. Elle marchait les yeux baissés, bloquant les livres sous son menton. Elle ne m'a pas vu. Même si elle n'avait pas été aussi encombrée, je me demande si elle m'aurait reconnu.

Elle a fait trois pas et un grand badaboum ! s'est fait entendre. Toute la pile de livres par terre ! Certains, même, ont glissé très loin. En même temps, elle a fait un « oh ! » bref que j'ai interprété comme un appel qui m'était destiné. Je me suis dirigé vers elle d'un pas naturel, toute inhibition rentrée. Je me suis mis à ramasser les livres, tout comme elle, accroupi à ses côtés. « Merci », m'a-t-elle dit d'une voix à peine audible. J'ai posé les livres que j'avais dans les bras. Je lui ai proposé d'aller les ranger dans les rayons. « Non, merci », m'a-t-elle répondu en pressant le menton sur la pile de ceux qu'elle avait rassemblés. J'allais m'étrangler. J'attendais tellement le moment où elle lèverait les yeux et me verrait en face. J'étais tellement curieux de voir la tête qu'elle ferait en me reconnaissant. Mais elle gardait la tête baissée, comme si elle avait fait vœu de vivre le front bas. Comme je n'avais pas bougé, elle a répété : « Ça va merci », pour me signifier que je pouvais m'en aller. Mais je n'ai toujours pas bougé, alors elle a bien été obligée de lever la tête.

Sur son visage qui faisait penser à une plante poussée dans l'ombre est passé un voile de doute aussitôt transformé en véritable stupéfaction. Ses lèvres se sont entrouvertes pour laisser échapper une exclamation contenue. Et, en même temps, la pile de livres qu'elle avait dans les bras s'est de nouveau écroulée. Sur ses prunelles chargées d'angoisse, ses paupières étaient agitées d'un clignement nerveux. Je n'ai pas pu y voir autre chose que de la défiance à mon égard. Ça m'a fait mal. Je ne m'attendais certes pas à ce qu'elle me réserve un accueil chaleureux, mais tout de même... Je me sentais misérable. Je ne sais plus comment, dans ces circonstances, je suis parvenu à lui dire calmement : « Ne vous inquiétez pas. » Oui, de la voix douce que l'on prend pour rassurer quelqu'un qui se trouve en état de choc, je lui ai dit : « Ne vous inquiétez pas. » Elle a de nouveau baissé les yeux.

Je me suis pressé d'ajouter, comme si j'étais poursuivi et qu'il y avait urgence, que j'étais venu la voir pour lui demander une faveur. « Ce n'est pas pour moi que je suis venu vous voir, ce n'est pas à mon sujet, ne vous inquiétez pas. » J'ai mis dans ma phrase une intonation un peu exagérée dans le but d'attirer sa bienveillance. Et, dans ce rôle, je me suis senti, de nouveau, parfaitement misérable.

Mais j'étais sincère. J'étais venu voir l'amie de mon frère, je me considérais comme le frère cadet de l'homme dont elle avait été amoureuse. Elle a hoché la tête deux ou trois fois, puis elle est partie tout droit vers les rayons d'un pas décidé. Je l'ai suivie. Elle s'est mise à ranger ses livres, et moi, je continuais de lui parler dans son dos. « Je suis venu ici hier. J'ignorais que vous travailliez à la bibliothèque. C'est un travail qui vous va bien, semble-t-il. Il y a un moment que je vous regardais travailler, ça me faisait un drôle d'effet. » Mais je me suis bien gardé de lui dire que je l'avais espionnée la veille derrière ses fenêtres. Ni d'évoquer l'homme en costume bleu marine qui avait passé la soirée chez elle.

« Il faut que je vous parle. Je vous jure que ce n'est pas pour moi. Je ne dirai pas un mot de moi. Je sais que je ne vous intéresse pas, et puis je n'ai rien à dire sur mon compte. Mon frère, est-ce que vous savez dans quel état il est ? La seule chose qui m'importe, c'est de savoir si vous êtes au courant. Et puis, j'aimerais savoir aussi pourquoi vous l'avez quitté. Est-ce à cause de son état que vous l'avez quitté ? Je ne veux pas vous faire de reproches. Je suis juste un peu déçu, mais je peux comprendre. Moi, il n'y a pas longtemps que je suis revenu à la maison. Mon frère se trouve dans un sale état. Il ne va pas bien du tout. C'est mon idée à moi... j'ai pensé que vous, vous pouviez quelque chose pour lui. C'est pour cela que je suis venu vous voir. C'est pour cela que je vous ai cherchée. »

Ce n'est que lorsque j'en suis arrivé à ce point de mon plaidoyer que Sunmi, qui continuait de ranger ses livres comme si elle était complètement indifférente à ma présence, a réagi : « Qu'est-ce qu'il a donc, Uhyon ? »

CHAPITRE 16

« Qu'est-ce qu'il a donc, Uhyon ? » À ma grande surprise, elle ne savait rien de l'état de mon frère. Elle ignorait qu'il avait perdu ses jambes, qu'il était profondément perturbé et qu'il traversait de violentes crises. Elle ne savait rien de ses visites au Marché aux lotus, rien de ma nouvelle thérapie qui consistait à l'emmener dans les motels. Elle me posait quantité de questions. Je lui répondais en toute honnêteté. Incrédule, elle reposait les mêmes questions, redressait la tête comme pour refuser ce qu'elle entendait. Ainsi, au milieu des rayonnages, dans cette vague odeur de moisi que dégagent les livres, nous sommes restés longtemps à parler. De temps à autre, des lecteurs passaient à proximité sans nous prêter la moindre attention. Il y avait peu d'animation en cette matinée. Quelquefois, tout en parlant, elle cachait sa tête derrière un livre. C'est par pudeur, me disais-je, qu'elle soustrait son visage à mes yeux. Parfois, elle s'appuyait lourdement contre les rayons, au point que je m'inquiétais : si jamais elle s'effondrait... Finalement, elle s'est accroupie. Pour dissimuler ses larmes, m'a-t-il semblé.

« Mais moi, je ne savais rien de tout cela... » a-t-elle protesté. Bien que je n'aie nullement mis en doute ses paroles, elle répétait que, vraiment, elle n'avait rien su. « Quand il est allé à l'armée, j'ai continué à recevoir des lettres de lui. Pas très souvent, il est vrai. Puis, il n'y a plus eu de lettres du tout. Plus aucune réponse aux miennes. Alors, je suis allé à sa caserne, l'adresse était marquée sur les enveloppes. Un militaire très grand, au garde-à-vous devant l'entrée de la caserne de Jongok, m'a dit qu'il avait été envoyé dans un autre régiment. Je lui ai demandé ce que cela signifiait. Il m'a répondu que ça arrivait quelquefois. Je lui ai aussi demandé s'il connaissait son lieu d'affectation. Non, il ne le connaissait pas. » Elle était au bord des larmes. Là, j'ai émis des doutes sur la véracité de ce qu'elle me rapportait. « Vous pensez donc qu'il m'a menti ? » Sa voix tremblotait. Comme je n'ai pas fait de service militaire, j'ignorais les règles et les usages de l'armée, si bien que je ne savais pas si le soldat avait dit la vérité ou non. Au lieu de répondre, je lui ai demandé si elle avait tenté de téléphoner à mon frère à la maison. « Bien sûr, a-t-elle répondu aussitôt, mais votre mère m'a dit qu'il n'était pas en Corée. » J'ai été étonné d'entendre cela. Sunmi non plus ne comprenait pas. Elle avait demandé des précisions à ma mère. Ma mère lui avait dit que mon frère avait des problèmes de santé, qu'il avait été démobilisé un an plus tôt que prévu et qu'il se trouvait aux États-Unis pour y suivre un traitement. Sunmi l'avait interrogée sur la nature de sa maladie. Ma mère avait répondu que c'était un cancer des ganglions lymphatiques. Le mal n'était pas très avancé. Lorsque, plus tard, Sunmi avait rappelé, ma mère lui avait dit que l'opération avait réussi et qu'il se rétablissait rapidement.

« Et vous l'avez crue ? » Par cette question, je dévoilais mon incrédulité. Mais elle a balayé mon objection en affirmant qu'elle n'avait pas de raisons de ne pas la croire. « Je ne pouvais que la croire, moi qui m'inquiétais encore, à ce moment, de sa santé. » Elle a dit cela en tournant machinalement les pages d'un volume ancien. Mais elle avait déjà des doutes sur ce que ma mère lui avait raconté. À partir de quel moment s'était-elle mise à douter ? « Si je me souviens bien, je lui ai demandé quand Uhyon rentrerait. Puisque l'opération avait été un succès et que le traitement arrivait à son terme, je pensais qu'il rentrerait bientôt. Mais votre mère m'a dit qu'il ne reviendrait pas. Surprise, j'ai voulu savoir pourquoi. Nous nous sommes vues dans un café qui donnait sur une rivière. Votre mère n'a pas touché à son café avant qu'il ne soit complètement refroidi. Elle avait l'expression grave de quelqu'un qui se sent profondément seul. Je me souviens très bien. Elle poussait des soupirs. Je ne sais pourquoi, mais je n'avais jamais songé que cela pouvait être à cause d'un malheur arrivé à Uhyon. Après un profond soupir, elle m'a dit que Uhyon resterait chez un oncle, là-bas, pour continuer ses études. C'était tellement surprenant que j'en suis restée muette. Uhyon n'avait jamais évoqué de tels projets. C'est à ce moment-là que j'ai pensé qu'il y avait quelque chose de bizarre. Votre mère restait silencieuse. Un silence qui n'en finissait pas, pesant, étouffant. Au bout d'un moment, j'ai dit que j'aimerais au moins pouvoir entendre Uhyon au téléphone. Et si j'ai demandé cela, c'est parce que son comportement et ce que je lisais sur son visage m'inspiraient des doutes, mais plus encore pour rompre ce silence. Elle a secoué la main d'un geste qui voulait dire : non, il ne faut pas. Elle évitait mon regard, mais son signe était tellement clair que même une femme dépourvue de toute intelligence en aurait immédiatement saisi le sens. Un geste de refus sans équivoque. Toi, non, ne te mêle pas de ça. C'était cela, le sens. J'ai été tellement surprise par la brutalité de sa réaction que je n'ai pas eu la présence d'esprit de demander des éclaircissements. En tout cas, je ne pouvais pas accepter le refus que signifiait son geste. » Je comprends, lui ai-je dit tout en contemplant son profil. Elle avait ce teint pâle de plante poussée dans l'ombre. Ses longs cils palpitaient. « Surtout, Uhyon ne m'écrivait jamais la moindre ligne, jamais je n'avais le moindre coup de fil. Mon cœur se desséchait, brûlait, se consumait, je me sentais devenir folle. Rongée par l'anxiété, j'ai rappelé votre mère, mais elle m'a dit qu'elle m'avait tout dit et qu'elle ne voulait plus avoir affaire à moi. Elle ne voulait plus me revoir. Elle était étonnamment froide. Alors... » Elle a relevé ses cheveux. Elle gardait le silence. J'ai vu de nouveau ses cils palpiter. J'ai interprété ce frémissement comme une hésitation. Je lui ai signifié, du regard, que j'attendais la suite. « Finalement, j'ai demandé à quelqu'un de se renseigner. Je voulais savoir si votre mère disait la vérité et, si vraiment Uhyon m'avait quittée, pour quels motifs. À cette époque je n'étais pas dans un état normal. Toute la journée, je pensais à cette affaire, je passais mes journées à y penser, obstinément. Et puis, il y avait quelqu'un, dans mon entourage, qui travaillait dans une agence de renseignements. Cela a dû jouer. »

Elle s'est arrêtée. Il ne lui était pas facile de remonter le cours du temps jusqu'à cette époque. J'étais curieux de savoir ce qui la retenait d'évoquer ses souvenirs, mais ce n'était pas là l'essentiel. Je lui ai dit : « Alors, grâce à l'enquête, vous avez dû apprendre le fin mot de l'affaire ; que ma mère vous a bel et bien caché la vérité ; qu'elle avait des raisons pour le faire ; que c'est mon frère qui lui a demandé de vous cacher la vérité ; que pour rien au monde, il n'aurait voulu que vous appreniez ce qui lui était arrivé ; qu'il a demandé à notre mère de mentir et que celle-ci ne pouvait pas ne pas entendre la demande d'un fils... »

« Mais alors, pourquoi ai-je appris tout autre chose ? » Elle ouvrait tout grand les yeux, haussant les sourcils. « Les informations que j'ai obtenues ont confirmé ce que votre mère m'a dit. Uhyon était parti pour se faire opérer d'un cancer du réseau lymphatique, il habitait chez un parent aux États-Unis, il resterait là-bas pour y poursuivre ses études. Et puis, j'ai appris aussi d'autres choses dont votre mère ne m'avait rien dit. Uhyon n'était plus seul, il avait une fiancée, la fille d'un médecin, patron d'une clinique assez importante. Il continuait ses études dans la même université qu'elle. Il allait bientôt l'épouser. La probabilité de le voir laisser cette fille pour revenir à moi était nulle, m'a-t-on dit, c'était peine perdue d'entretenir l'espoir de le revoir un jour. Alors... après avoir entendu ces choses, que fallait-il que je fasse, oui, que faire ? » Sa voix s'est faite menue, tout intérieure. Je m'inquiétais pour elle, il allait falloir que je lui vienne en aide. Je voyais ses forces l'abandonner, elle prenait appui sur un rayon. Mais je n'osais pas lui tendre la main. Je ne savais comment faire pour réduire la distance qui me séparait d'elle. Ses mains ont glissé, tout son corps a fléchi. Elle s'est retrouvée accroupie.

« Ça va ? » lui ai-je demandé. « Ça va aller », m'a-t-elle répondu. Je ne comprenais vraiment pas grand-chose. Mon frère n'était jamais allé faire des études à l'étranger, il n'avait jamais été question de fiançailles. En tout cas, pas que je sache. Si cela avait été envisagé, il était impossible que je ne sois pas au courant. Elle ne comprenait pas, elle non plus. En cela, elle était en plein accord avec moi. Elle remontait dans ses souvenirs, tentait de raisonner. Moi de même, je creusais dans ma mémoire, remontais le fil du temps. Mais sans rien trouver, ni constat ni hypothèse, qui me permît de progresser. Que ma mère ait des raisons de faire ce qu'elle avait fait, soit. Mais qui d'autre qu'elle pouvait avoir donné les informations rapportées par Sunmi ? Mystère.

« Je peux savoir qui est cette personne ? » lui ai-je demandé. Je m'étais dit, tout d'un coup, que cette personne devait avoir des arrière-pensées. Rien n'était encore clair, mais je tenais une piste. Hésitante, elle s'est contentée de répondre : « Ça, c'est un peu gênant... » J'ai enchaîné : « C'est pure imagination de ma part, mais est-ce qu'il ne s'agirait pas de votre beau-frère ? »

Voilà que je jouais au détective expérimenté, conscient de ses moyens. Elle a, pour la première fois, levé franchement la tête pour me regarder. Elle avait l'air à la fois embarrassé et étonné. Si la satisfaction d'avoir vu juste me flattait, je craignais, d'un autre côté, de l'avoir blessée. À mon tour, j'évitais son regard. Elle a posé le menton sur ses genoux, elle a caché son visage dans ses mains. Ses épaules tremblaient légèrement. Ses émotions échappaient à son contrôle, elle pleurait. Je ne pouvais pas lui révéler que j'avais vu son beau-frère chez elle. Même si je brûlais de savoir pourquoi il était passé à son appartement, je ne pouvais la questionner à ce sujet.

« Il faut que je réfléchisse », m'a-t-elle dit, accroupie incommodément entre les rayons. Elle s'était exprimée d'une voix qui s'efforçait de contenir un désordre de sentiments. J'avais envie de poser ma main sur son épaule. J'aurais aimé lui dire, en la tapotant doucement, qu'elle ne devait pas se faire trop de souci, que la vie, ce n'était pas une chose si solennelle ni toujours bien composée, que c'était comme le temps, il fait beau, puis gris, il pleut, et puis, avec le retour du soleil, le beau temps revient. Voilà ce que j'avais envie de chuchoter à son oreille. Mais je n'ai pas pu. Le visage de mon frère s'est présenté à mes yeux plusieurs fois. C'est cette vision qui m'a retenu. Sunmi sanglotait, je l'ai regardée pleurer, elle ne parvenait pas à se calmer, je me suis éloigné.

Avant de quitter la bibliothèque, je lui ai adressé un dernier mot : que j'aimerais que mon frère reprenne son appareil photo. « Vous voulez qu'il se remette à la photographie ? » Dans son regard, la perplexité était profonde.

CHAPITRE 17

Lorsque ma mère m'a commandé un billet de train aller-retour pour un voyage de trois jours, je me suis demandé si elle ne venait pas d'apprendre que mon client m'avait enjoint d'effectuer le même trajet, et si elle ne voulait pas me tester. Mon client en effet m'avait appelé sur mon portable pour me prier de lui rendre compte de l'état d'avancement de mon enquête. Je lui avais déclaré solennellement qu'il ne serait plus question de rien entre nous tant qu'il ne m'aurait pas révélé son identité et avoué pourquoi il m'avait passé cette commande. Juste après, ma mère m'a demandé exactement le même service.

J'ai dit à mon client tout ce que j'avais sur la patate. Je ne suis tout de même pas allé jusqu'à le menacer de rompre notre contrat. Au cas où je découvrirais des informations inattendues sur ma mère, j'étais bien décidé à ne les livrer que s'il me révélait son identité et la raison pour laquelle il m'avait confié cette mission. Ainsi parvenais-je à faire taire les scrupules que j'éprouvais à épier ma propre mère. De plus, en cédant à la curiosité malsaine qu'impliquait cette enquête, j'étais mieux armé pour la protéger contre une menace invisible. À cet égard, je trouvais rassurant que ce soit moi plutôt qu'un autre qui ait été sollicité pour ce travail.

Avec un sourire teinté de mélancolie, ma mère m'a demandé d'où je venais. Je ne lui ai pas dit que j'étais allé voir Sunmi. Ce n'est pas l'envie qui me manquait de vérifier tout de suite auprès d'elle la validité de ce que j'avais appris, mais l'interroger n'aurait pas été bien intelligent. Je me suis gratté la tête sans répondre, ce qui, d'ailleurs, ne semblait guère l'affecter. Elle est allée droit au but : « J'ai besoin d'un billet de train pour demain matin. Un aller-retour pour Namchon. Quel est ton tarif pour ce genre de travail ? » J'ai laissé échapper un petit rire, et elle a fait de même. Elle m'a tendu de l'argent (il y avait largement de quoi acheter un billet aller-retour), puis elle a ajouté que la différence était pour payer mon service. Je lui ai demandé : « Pourquoi ne pas y aller en voiture ? » Elle a répondu que c'était trop loin. « Si vous voulez, je peux conduire », lui ai-je proposé. Je me disais que, surveillance ou protection, c'était le meilleur moyen. Elle a réfléchi un instant, puis elle a répondu que non, ce n'était pas la peine. Il valait mieux y aller en train. « Oui, en train », a-t-elle répété.

Je suis allé acheter son billet. Avec le reste de l'argent, j'ai loué une voiture. J'avais juste la somme qu'il fallait, à croire qu'elle l'avait prévu. Il serait faux de dire que je n'ai pas hésité, mais au moment où ma mère m'a confié cette tâche, ma décision devait suivre. Si ma mère avait deviné mon plan, les choses ne se seraient pas passées autrement. Je ne comprenais pas pourquoi, brusquement, elle voulait se rendre à Namchon. Je brûlais de curiosité. Il n'y avait rien d'étonnant à cela puisque jamais je n'avais entendu dire que nous eussions de la famille là-bas. Une sorte de présomption me disait que ce voyage avait un rapport avec la mission confiée par ailleurs, je ne pouvais donc pas négliger la requête de ma mère.

Une heure avant le départ du train, j'étais sur l'autoroute de Namchon. Et quand, descendue du train, ma mère est apparue à la station de taxis, je la guettais, garé à proximité. Elle s'est jetée dans un taxi sans la moindre hésitation. Le véhicule a quitté le centre-ville à faible allure. Les rues n'étaient pas trop contournées, ce qui facilitait la filature. Au bout d'une vingtaine de minutes, le chauffeur s'est engagé sur une route de campagne, étroite et tortueuse, dont certaines portions n'étaient pas bitumées. De chaque côté défilaient des bois et des vergers. J'ai baissé un peu la vitre. L'air frais sentait bon. J'ai respiré profondément. Comme il n'y avait pas de circulation, je pouvais me permettre de laisser une bonne distance entre le taxi et moi. Aucun risque de le perdre de vue. Où allaient-ils donc ? me demandais-je en constatant l'absence d'habitations dans les parages.

Le taxi s'est arrêté sur une hauteur d'où l'on avait une vue plongeante sur la mer. Une mer écailleuse qui étincelait, métallique, mue d'une impulsion perpétuelle. Je croyais buter sur une montagne, mais c'est la mer que je trouvais. Je ne m'y attendais aucunement et j'ai poussé un cri lorsqu'elle s'est offerte. On eût dit une forêt sauvage écartant soudain les pans de son manteau pour laisser paraître l'immense étendue d'eau. Qu'une forêt sauvage enveloppe la mer dans les pans de son manteau est une image qui ne peut qu'appartenir à un mythe ou à un conte. Toute forêt n'est-elle pas sacrée ? Elle enserre en elle-même la genèse première. Elle est le temple premier des dieux et, dans ce temple, certains arbres sont devenus objets de culte car ils sont habités par les divinités.

Quand le taxi s'est arrêté pour laisser descendre ma mère, je me suis dépêché de le dépasser. Ma mère s'est retournée. J'ai failli m'arrêter. Malgré les lunettes de soleil derrière lesquelles je me cachais, j'ai eu l'impression qu'elle m'avait reconnu et qu'elle allait me faire un signe. Pris de panique, j'ai écrasé l'accélérateur sans même jeter le moindre coup d'œil dans le rétroviseur. Ma voiture s'est trouvée propulsée un peu à la façon de ces antilopes du désert de Kalahari lorsqu'elles se jettent toutes ensemble dans la mer. Mais, bien entendu, je ne suis pas une antilope, et ma voiture a dévié juste avant de se balancer. Ouf. J'ai poussé un grand soupir de soulagement.

J'ai pu trouver à boire dans une échoppe du littoral et, lorsque j'ai regagné l'endroit où le chauffeur s'était arrêté, il n'y avait plus de taxi. Ni de mère, cela va de soi. Un étroit chemin, absolument pas carrossable, s'avançait dans la montagne. Il était couvert de hautes herbes et bordé d'une dense futaie. Comme il n'y avait pas d'autre voie, il me fallait en conclure qu'elle était partie par là. J'étais bien en peine d'en imaginer le bout et ce qu'elle y cherchait.

Une fois garé, j'ai donc emprunté le chemin. Les herbes bruissaient sous mes pas, le vent agitait les feuilles. Le sentier progressait en serpentant. Où avait-elle bien pu aller ? J'avançais avec précaution en essayant de voir aussi loin que possible. Après une montée abrupte, j'ai atteint un replat, puis un tournant. Et là, j'ai découvert la mer à l'infini, fraîche et frétillant de ses écailles dressées. On aurait dit qu'elle surgissait, éblouissante, des entrailles de la montagne. Ce changement de décor était d'une brutalité à vous couper le souffle. Le ciel prolongeait son étendue sans rupture, difficile de dire si les mouettes planaient ou flottaient. L'horizon se trouvait rejeté à l'infini.

Le chemin suivait le bord de la falaise, et là, chose insolite, se dressait une maison. Devant la maison, un palmier cocotier de plusieurs dizaines de mètres s'élançait tout droit. D'être au sommet de la falaise ajoutait à son élan. Pour jaillir si haut, il devait certainement plonger ses racines jusque dans la mer. Les palmes fusaient dans le ciel. Image pour le moins singulière. Je me croyais face à une peinture ou dans un rêve. Mais tout cela était bien réel. Je me suis approché. Ma première impression, pour autant, n'a pas cessé. Je me suis caché derrière un chêne pour mieux voir la maison au palmier. On aurait dit qu'elle cabotait sur la mer. Le palmier lui faisait comme un mât. Un bateau prenait le large, sa mâture dressée dans le vent. Ma mère était-elle à l'intérieur ? J'aurais voulu y aller voir tout de suite. J'avais du mal à contenir mon impatience.

Le palmier avait, comme il se doit, un fût abrupt et dépourvu de ramifications. Au sommet, les palmes s'épanouissaient en toutes directions. Pareil arbre tranchait dans le foisonnement végétal particulier à cette montagne. Sa présence, tout d'un coup, m'a paru étrange. Pourquoi un palmier ? Moi qui n'étais jamais sorti du pays, qui n'avais jamais pris l'avion, je n'avais jamais vu de palmier. J'ignorais même qu'il en poussait en Corée. J'en avais, certes, vu à la télévision ou dans des livres. Mais, de toute évidence, pour accepter d'emblée de voir en cet arbre un cocotier, il fallait que ma lucidité fût ébranlée. Tant de choses survenaient dont la réalité me semblait sujette à caution. Cette scène irréelle d'une maison au sommet de la falaise avait provoqué en moi une sorte d'hallucination. Subitement, j'ai ressenti une grande soif, je m'imaginais jetant ma veste, grimpant au sommet de l'arbre et buvant à grandes gorgées le lait d'une noix de coco.

Un long moment s'était écoulé quand j'ai perçu un mouvement sous l'arbre. À défaut de lait de coco, c'est ma salive que j'ai dû avaler. Deux personnes sortaient de la maison. L'une soutenait l'autre, laquelle avait du mal à se déplacer. La personne assistée marchait lentement, celle qui la soutenait allait au même rythme, accordant beaucoup d'attention à la première. La personne assistée n'avait que la peau sur les os, sous des vêtements trop amples qui lui donnaient des airs de fantôme. Tous deux se sont avancés sous l'arbre en suivant la ligne que dessinait son ombre. Le temps traînait en longueur, comme liquéfié par le soleil dont les rayons tombaient à l'exacte verticale. L'ombre du palmier sur laquelle ils marchaient butait contre le pied de l'arbre, c'est là aussi que leurs pas se sont arrêtés.

La personne qui soutenait l'autre était une femme. Nul besoin de recourir à mes jumelles pour reconnaître ma mère. Elle a aidé l'invalide à s'étendre sur un banc, sous l'arbre, et lui a relevé un peu la tête. L'ombre drapait son corps comme une couverture. Le vent de la mer agitait leurs cheveux. On aurait dit deux vacanciers sur le pont d'un yacht qui s'apprêterait à prendre le large, les vagues à leurs pieds déferlant sans cesse.

Moustache et barbe anarchique trahissaient un homme. Sur son visage pâle et sillonné de rides, on pouvait lire la quiétude et la paix. Un vague sourire timide l'enveloppait comme un voile. Assise du côté de la tête couchée, ma mère regardait le palmier. Elle a parlé en montrant l'arbre du doigt. L'un et l'autre tenaient leurs regards fixés sur lui. La mer se jetait infatigablement contre la falaise.

Un peu plus tard, la main de ma mère a caressé le visage de l'invalide. Geste indiciblement doux et tendre. Ce qui en nous est le plus apte à exprimer les sentiments, n'est-ce pas la main ? De cette main, émanaient une tendresse, une affection extrêmes, perceptibles même pour quelqu'un qui regardait à bonne distance. Cette main câline et aimante glissait sur les cheveux de l'homme, ses oreilles, ses yeux, ses lèvres. Et à chacune de ses caresses, le visage s'éclairait, s'illuminait d'or.

Ma mère s'est levée, elle est passée derrière le palmier. L'arbre la dissimulait tout entière. À mes yeux, c'était comme si elle était entrée dans le fût élancé de l'arbre. Elle ne s'est pas fait attendre longtemps. Lorsqu'elle est réapparue (autrement dit, lorsqu'elle est ressortie du tronc), elle était nue. Nue comme si l'arbre venait de la mettre au monde. Nue comme l'Ève des jardins d'Éden. Tout comme en Ève, nulle honte n'habitait ce corps. Elle est revenue d'un pas léger, non, elle ne marchait pas, elle effleurait le sol d'un pas de danse. Elle est montée sur le banc, l'homme la regardait d'un regard infiniment tendre, comblé de bonheur. Elle s'est étendue à son côté. Son bras a enlacé le corps de l'homme, le bras de l'homme l'a enlacée. Elle s'est hissée sur l'homme, son visage s'est posé sur le sien, sa poitrine sur la sienne, ses bras sur les siens, les paumes de ses mains sur ses mains, ses lèvres sur ses lèvres. Les deux corps symétriquement superposés ont figuré un tout de la forme d'un arbre. Comme si chacune des deux parties avait enfin retrouvé sa part manquante pour modeler un corps maintenant parfait, évident, beau, divin. Était-ce à cause de ce palmier qui semblait traverser le ciel, la terre, la mer et les fonds marins? Ma perception était changée. Je ne voyais rien de honteux ni d'abominable dans le spectacle qui s'offrait à mes yeux. S'il fallait trouver là de la honte et de la répulsion, c'était bien plutôt en moi, qui les regardais. Eux, ils étaient hors de tout; moi, je collais au réel. Le monde hors du réel était chaste, et ignoble le monde où je me trouvais. Il ne s'agissait pas d'essayer de comprendre, ce qui se passait échappait à l'entendement. Je ne pouvais continuer de les observer tant je me sentais abject. Je me suis laissé tomber à terre entre les buissons. Des épines me piquaient le dos, mais peu importait. Des sauterelles me passaient sur le ventre. Eh bien, à leur guise! Oui, faites comme il vous plaira... Je me suis relevé. Avant de m'éloigner, j'ai regardé sous l'arbre, ils étaient toujours là, immobiles, formant un seul corps. Étais-je ensorcelé ou sujet d'un rêve?

J'ai arrêté ma voiture devant une échoppe au bord de la plage. Je sirotais une boisson tiédasse en me demandant si je devais rentrer à Séoul quand mon téléphone a sonné. « C'est toi, Kihyon? » En entendant la voix grave de ma mère, mon cœur s'est soulevé, puis effondré comme s'effondre un rayonnage mal accroché au mur. « Oui... c'est moi... oui... » Ma voix trahissait l'embarras où j'étais en train de sombrer. Ma mère savait-elle donc que je l'avais suivie à Namchon ? Cela m'a fait l'effet d'une douche froide. Comme si elle attendait une réponse immédiate à sa question, elle m'a demandé : « Où es-tu ? » J'étais pétrifié. Sa voix était si sombre ! Tout à l'heure, sur la falaise, n'avais-je pas été victime d'un mirage ?

Je n'ai pas répondu tout de suite. Elle m'a dit de venir la rejoindre avec mon frère. « Avec lui ? » ai-je bégayé. « Oui », a-t-elle répondu tout court. « Mais... pourquoi amener Uhyon ? » ai-je demandé prudemment. Elle a dit d'un ton sec : « Tu verras quand tu seras là. » J'avais donc eu peur sans raison. Elle n'avait pas l'air de savoir que j'étais à Namchon. Elle pouvait, certes, faire semblant de ne pas le savoir, mais j'avais l'impression que non. Le ton de sa voix était trop sérieux, trop abrupt pour feindre quoi que ce soit. Il y avait même comme de l'affliction dans son intonation. Soulagé, j'ai calculé le temps qu'il me faudrait pour aller à Séoul et revenir. Même en filant par l'autoroute, il me faudrait quatre heures pour aller et autant pour revenir avec mon frère. Huit heures en tout. Impossible de faire ce trajet dans la journée.

Après avoir remis un peu d'ordre dans mes idées, j'ai répondu que je n'étais pas à Séoul. Ma mère m'a prié, dans ce cas, de partir le lendemain très tôt. Je lui ai demandé où je devais me rendre exactement. Elle m'a dit de l'appeler quand j'arriverais à Namchon. J'ai noté le numéro qu'elle m'a dicté.

« De quoi s'agit-il ? » lui ai-je demandé comme si je ne savais rien. « Quand tu viendras, tu sauras tout », s'est-elle contentée de répondre. Elle n'en a pas dit davantage.

CHAPITRE 18

L'idée d'aller à Namchon ne semblait pas réjouir mon frère. Pourquoi, objectait-il, aller dans cette ville où il ne s'était jamais rendu, où il ne connaissait personne ? Lorsque je lui ai transmis le message de maman, il avait manifesté un agacement immédiat. Quiconque connaissait tant soit peu son caractère renfermé (à partir du moment où il était devenu infirme, alors qu'auparavant il avait plutôt le goût de l'aventure) pouvait aisément se représenter la difficulté qu'il y avait, pour lui, à envisager un voyage pour une destination inconnue. J'ai essayé de l'amadouer en insistant sur le fait que c'était maman qui lui demandait de venir. Mais il refusait, secouant la tête avec obstination. Le convaincre n'allait pas être une mince affaire. D'autant qu'il refusait parce que (du moins telle était mon impression) il n'avait pas confiance en moi. Il voulait absolument savoir pourquoi maman désirait que je l'emmène. Et comme je ne savais trop que répondre, il a eu un sourire en coin : mon silence ne justifiait-il pas ses doutes ? « Vas-y donc, toi ! » m'a-t-il objecté sur un ton et avec une expression dans les yeux qui voulaient dire : moi, je ne me laisse pas rouler dans la farine ! J'ai eu beau lui répéter que c'était la volonté de maman, pas la mienne, que moi, j'étais juste le chauffeur qui devait l'emmener, il a continué de refuser en secouant la tête.

Je me suis dit que père pourrait peut-être m'aider à me tirer d'affaire. Je suis entré dans sa chambre. Il a semblé prêter un vif intérêt à mon récit. « Ta mère est donc à Namchon en ce moment ? » Le fait qu'il ait levé les yeux de son damier de go pour les poser sur moi attestait un intérêt manifeste. Moi, je me sentais un peu désolé, mais j'ai feint d'ignorer tout de ce qui se passait. J'ai dit que oui, selon toute apparence, elle y était. Et j'ai ajouté : « Qui est-ce qui se trouve là-bas ? » Mon père a réfléchi un moment, puis, comme quelqu'un qui viendrait de prendre une décision importante, il s'est levé sans un mot et s'est dirigé vers la chambre de mon frère. Je l'ai suivi. Sans prendre la peine de s'asseoir, il a prononcé le nom de mon frère à mi-voix, puis il lui a dit : « Vas-y, je crois qu'on t'attend là-bas. » Rien de plus, assez toutefois pour le convaincre. Uhyon a voulu répondre, mais mon père est sorti sans l'écouter.

Les questions que mon frère aurait voulu poser étaient les mêmes que celles qui me hantaient. L'image de ces deux êtres aperçus en plein jour devant cette maison improbable, mais si belle, la mer, le palmier, tout cela me paraissait déjà lointain comme un rêve. L'attitude résolue de mon père semblait démontrer qu'il connaissait la raison pour laquelle ma mère voulait nous avoir, mon frère et moi, à Namchon, surtout mon frère en réalité. Cela signifiait-il qu'il savait pourquoi elle s'y trouvait, qui vivait là-bas et quelle relation elle entretenait ? Autant de questions qui allaient m'empêcher de dormir sans un début d'explication.

Mon père avait quitté sa chambre pour le jardin. J'étais habitué à le voir s'occuper des plantes, rien donc d'extraordinaire à cela. Mais à cette heure où le monde était plongé dans une obscurité compacte, c'était pour le moins singulier. Posté sur le seuil du salon, je l'ai regardé arroser ses fleurs. Cela m'a fait de la peine de le voir porter sur son dos, plus courbé encore que d'habitude, tout le poids de l'obscurité.

Avait-il jamais été heureux, cet homme ? Il me semblait que non, ni par le passé, ni maintenant. Certes, on ne sait pas vraiment ce qui se passe au sein d'un couple, mais personne n'ignorait que ma mère n'était pas tendre avec lui. Cela dit, sur ce chapitre, ils étaient quittes car mon père ne lui témoignait guère plus d'affection. Je ne garde aucun souvenir d'eux discutant, encore moins plaisantant ensemble. En apparence, aucun problème ne les opposait, mais peut-être était-ce le signe même d'un profond désaccord. L'indifférence, les échanges réduits au strict minimum, la non-intervention réciproque au sein du couple ne marquent-ils pas le degré le plus désastreux de la relation entre époux ? Ma mère devait être à des années-lumière du bonheur conjugal. En tout cas, ce soir-là, j'éprouvais de la peine et de la sympathie pour mon père. Ce que j'avais entrevu à Namchon, et qui restait pour moi une énigme, y était forcément pour quelque chose. J'étais assez tenté de lui raconter ce dont j'avais été témoin là-bas. Mais je me suis ravisé. Me laisser dicter ma conduite par un accès momentané de pitié aurait été puéril. Armé de la résolution que j'avais prise de brider mes impulsions, je n'ai pas cédé. Ma mère s'était donc déshabillée. Sous cet arbre qui plongeait ses racines dans la mer et qui lançait ses palmes dans le ciel, elle s'était déshabillée sans aucune honte, telle Ève au jardin d'Éden, et elle s'était étendue sur le corps de l'homme. Nulle impudeur dans leur nudité. Par l'union de deux corps incomplets, ils avaient créé un seul corps. Cette scène curieuse avait tout d'un rituel. Oui, c'est bien la notion de rite qui rendait le mieux compte de cette scène, davantage en tout cas que les mots « hallucination », « mirage » ou « rêve ». Mais de quel rite s'agissait-il donc ?

« Qui est-ce qui l'attend là-bas ? » ai-je lancé à mon père dans son dos en m'approchant de lui. Il a continué de s'occuper de son arrosage comme s'il ne s'était pas aperçu de ma présence. « Tout à l'heure, vous nous avez ordonné d'y aller, vous avez dit à mon frère qu'on l'attend. Ça veut dire que quelqu'un d'autre que maman l'attend, ce n'est pas à elle que vous faisiez allusion. J'ai l'impression que vous savez des choses que nous ne savons pas. Vous savez pourquoi maman est allée à Namchon, pourquoi elle veut que nous y allions. Père... »

Je n'ai pas pu terminer. Il s'est retourné en posant un doigt sur ses lèvres. Il était accroupi devant un petit arbuste dont il caressait les feuilles. Je ne comprenais pas pourquoi il me faisait signe de me taire, et, sur le coup, je n'ai pas réussi à lui demander.

Je l'entendais murmurer tout en caressant les feuilles. Aucun doute, il était en train de parler à la plante. Ce qu'il disait était inaudible, et puis les arbres, ma foi, n'ont pas d'oreilles. Celui-là n'entendait pas plus que moi. Comme pour corriger ma façon de penser, il a affirmé, sur un ton parfaitement serein, que les arbres étaient pourvus de sens. « Approche la main, touche ces feuilles », a-t-il ajouté. J'étais perplexe, mais puisqu'il passait le plus clair de son temps avec les plantes, il devait savoir de quoi il parlait, je lui ai obéi. Mes doigts, sur la feuille, n'ont rien senti d'autre que la fraîcheur nocturne. Mon père m'a conseillé d'exprimer un peu d'amour, un peu de tendresse à l'arbuste. « Mais comment faire ? » lui ai-je demandé, stupéfait. « Il faut que cela vienne du fond de ton cœur. Parle-lui tout bas en caressant doucement ses feuilles, dis-lui que tu l'aimes. » Puis, il a ajouté : « La surface de la plante perçoit grâce à ta main ce qu'il y a dans ton cœur. »

Il me parlait fort sérieusement. J'ai avoué à l'arbuste que je l'aimais. Rien ne s'est passé. La plante ne semblait pas m'écouter, ni vouloir manifester la moindre réaction. Et à supposer qu'elle ait eu des sentiments et qu'elle puisse réagir, aucun mécanisme de réception n'était prêt, chez moi, à capter sa réponse, cela ne pouvait donc fonctionner. Les échanges impliquent une réciprocité. Mon père a dit encore que la surface des feuilles un peu rêches pouvait devenir tiède et douce comme notre peau. J'ai espéré qu'une telle transformation s'opérerait tandis que je caressais la feuille. Mais il ne s'est rien produit de tel. Mon père m'a dit que c'était parce que je n'y mettais pas tout mon cœur.

« Les plantes lisent en nous. On est incapable de l'expliquer, mais elles ont une très grande capacité de perception, qui dépasse celles de nos sens. J'ai lu dans une revue que des chênes tremblent à l'approche des bûcherons. Les plantes ressentent la souffrance, la tristesse, le bonheur. Elles savent d'emblée, instinctivement, si l'homme ment ou s'il parle vrai. Un amour feint les laisse de marbre. Pour être en communion avec elles, il faut être sincère. C'est comme pour les hommes. » Mon père édictait son savoir tel un maître d'école. Je faisais des efforts pour être aussi sincère que possible, pour aimer la plante de tout mon cœur, mais rien n'y faisait, la feuille ne devint ni douce ni tendre.

Mon père s'est dirigé vers un autre arbuste. De nouveau, il lui a parlé tout bas, mais je n'ai constaté aucun changement. Moi aussi, j'ai changé de plante. Je me suis adressé à une autre en toute sincérité. J'ai essayé de l'aimer comme il me le montrait. Mais j'avais du mal à éprouver de l'amour pour une plante. Comment, dans ces conditions, recevoir en retour une manifestation de bienveillance ? Ou même une réaction tout court ?

À vrai dire, je ne croyais pas vraiment à ce que me disait mon père. Pourtant, même sans le croire, je le comprenais, et ça, c'était une autre question. Je me disais que, vouloir communiquer avec les plantes, c'était une tocade aussi extravagante que de prétendre entrer en contact avec les extraterrestres. Je me sentais ridicule, j'ai vite cessé de caresser les feuilles. Mon père, indifférent à mon évidente incrédulité, ne bronchait pas. Il avait l'air d'appartenir à l'univers des plantes. Déterminé à mettre fin à cette comédie, j'ai demandé sur un ton tout différent : « Vous ne m'avez pas répondu : pourquoi faut-il que nous allions à Namchon ? » Je m'étais exprimé d'une voix un peu coincée, l'ambiance magique créée par mon père dans son jardin y était peut-être pour quelque chose. Malgré mon insistance, il n'avait pas l'air de vouloir m'entendre. C'était compréhensible. Mais je me sentais un peu déçu, d'autant qu'il me donnait l'impression de venir d'un autre monde. Non, en réalité c'est moi qui venais d'un autre monde, qui n'appartenais pas au monde végétal où vivait mon père. Alors, mon cœur, manifestement incapable de passion pour le jardin, m'a crié qu'il me fallait quitter l'endroit. Il ne me restait plus qu'à sortir à reculons.

Cette nuit-là, j'ai rêvé que mon père se métamorphosait en arbre. Il lui poussait des racines, des branches, des feuilles. Mon père-arbre plongea une racine dans la terre épaisse, laquelle descendit très profond jusqu'au roc, jusqu'à la mer. Elle se lança dans la mer, courut au loin comme pour l'enlacer. Puis elle vira vers le haut, s'élançant dans le ciel. À son extrémité jaillit une branche chargée de feuilles. Un palmier se dressa sur une falaise surplombant la mer. L'ombre de l'arbre courait sans fin jusqu'à l'extrémité de la terre. Couchés sous l'arbre, une femme et un homme unirent leurs corps nus. La femme entra dans le corps de l'homme et l'homme entra dans celui de la femme. Ils devinrent un seul et même corps. Une palme chut et vint se poser sur ce corps. Mon rêve s'est achevé avec cette image. J'en suis sorti en repoussant ma couverture à coups de pied.

CHAPITRE 19

La vision surréaliste que je conservais dans mon souvenir du palmier sur la falaise au bord de la mer m'a incité à prendre l'appareil photo. Je me disais que mon frère, lorsqu'il se trouverait là, ne pourrait pas résister. Ce n'était pas tout à fait une ambiance qui prévaut à un pique-nique, mais j'étais presque heureux à l'idée de l'emmener dans un endroit qui lui redonnerait le goût de la photographie. Toutefois, dans l'appréhension de ce qui nous attendait là-bas, je ne pouvais m'empêcher d'être vaguement inquiet et nerveux.

Pendant les quatre heures de route jusqu'à Namchon, mon frère est resté bouche cousue. Son silence était encore plus pesant depuis que j'avais été témoin de ses crises. Il faisait en sorte que nos regards ne se croisent jamais. Une fois installé dans la voiture, il a fermé les yeux et s'est endormi. Mais, comme je roulais à grande vitesse, il ne pouvait pas dormir d'un sommeil profond. Il changeait souvent de position. Il avait sûrement aperçu la sacoche de l'appareil photo à côté de moi, mais sans rien montrer. Moi, j'avais terriblement envie de lui parler de tout et de rien. Surtout, je détenais deux secrets dont on ne pouvait dire qu'ils ne le concernaient pas. Deux jours plus tôt, j'étais allé dans la ville de banlieue où vit Sunmi, je lui avais parlé, j'avais découvert l'identité de l'homme avec lequel elle passait ses soirées. Et puis, la veille, j'étais allé à Namchon. Mais je n'en avais rien dit à personne. Un jour, il faudrait bien que je lui livre mes secrets, mais le moment n'était pas encore venu.

Aussitôt arrivé au centre de Namchon, j'ai appelé le numéro donné par ma mère. Une voix d'homme a répondu, m'a demandé de patienter. « Où êtes-vous ? » m'a-t-elle enfin demandé. Je lui ai donné le nom de l'immeuble, le plus grand de la ville, non loin duquel je me trouvais. Elle m'a indiqué la route à suivre. Comme je connaissais déjà le chemin, je n'ai écouté que d'une oreille distraite. Elle m'a dit de m'arrêter quand nous arriverions sur une hauteur d'où nous découvririons la mer. « Je vous attendrai là. » J'ai suivi ses indications.

« C'est là. Le paysage est sublime », me suis-je exclamé à l'adresse de mon frère tout en arrêtant la voiture. Il a écarquillé les yeux, regardé vers le bas. « C'est donc là », a-t-il dit. À l'entendre, j'ai eu l'impression qu'il connaissait déjà cet endroit, qu'il y était déjà venu. Puis j'ai pensé que non, ce n'était pas possible. Car il ne pouvait avoir eu, comme moi, ordre de surveiller ma mère.

Elle nous attendait. En l'espace d'un jour, elle avait maigri, ou peut-être n'était-ce qu'une impression. Quand j'ai ouvert la portière et que je suis descendu, elle avait l'air d'être ailleurs. Absorbée dans ses pensées, ou en état de choc, ou à moitié inconsciente. Moi qui me rappelais la scène sous le palmier, je n'osais pas la regarder droit dans les yeux.

En extirpant du coffre le fauteuil roulant de mon frère, j'ai dit très haut, exprès : « Nous voici. » Ma mère, alors, a semblé nous apercevoir. Elle nous a fait un signe et s'est approchée. J'ai soulevé mon frère, l'ai installé sur son fauteuil. Ma mère est passée derrière pour saisir les poignées. Lorsque, après avoir refermé le coffre, entrouvert la vitre du côté conducteur, pris la sacoche de l'appareil photo, je les ai rejoints, elle s'était déjà engagée sur l'étroit sentier qui montait. Sont apparus la falaise, la maison et, enfin, le palmier. Il fallait qu'elle nous parle maintenant. Mais je n'ai pas osé dire quoi que ce soit tant l'expression de son visage était métamorphosée. Je crois que mon frère ressentait la même chose. Hésitant à risquer quelque parole, il se tournait vers moi.

Le chemin devint plus raide. Le fauteuil roulant avançait avec difficulté. J'ai dit à ma mère que j'allais m'en occuper. Elle m'a regardé avec l'air de s'étonner de ma présence. « Toi, Kihyon... » Elle m'a tourné le dos sans achever sa phrase. Son front était couvert de sueur.

« Quoi donc ? » lui ai-je demandé. « Je ne peux pas y aller ? » Ma question a dû lui paraître arrogante, en tout cas c'est ainsi qu'elle a sonné à mon oreille. Elle a balbutié : « Non, ce n'est pas ça, mais... » De toute évidence, elle voulait dire que ce n'était pas son intention de m'emmener là-bas. Elle était si différente de celle que nous connaissions.

Avant qu'elle ait eu le temps de rien ajouter, je me suis emparé des poignées du fauteuil. J'ai dit à ma mère « Allez, passez devant, et dites-nous où nous sommes et pourquoi nous nous retrouvons ici. » Un instant immobile, elle a repris sa marche, posément, et nous a demandé si notre père nous avait dit quelque chose. Je me suis souvenu de ses explications sur les sentiments des plantes, mais comme je me doutais qu'elle ne songeait à rien de cela, j'ai répondu que non.

« Je pensais qu'il vous parlerait... », a-t-elle murmuré. Il y avait comme un reproche dans sa voix, ou un regret. J'ai failli ajouter qu'il m'avait paru vouloir dire quelque chose. Mais je me suis abstenu : même si c'était vrai, je n'en étais pas tout à fait certain.

« On va voir quelqu'un », a-t-elle repris. Elle a respiré profondément pour marquer une pause, mais elle s'est enfermée de nouveau dans son mutisme. Cette fois, c'est mon frère qui s'est montré curieux. « Qui donc ? » a-t-il demandé.

« C'est quelqu'un que vous allez voir pour la première fois. » Sa voix tremblait un peu. « Qui est-ce ? » ai-je ajouté en ravalant ma salive. « En réalité, cette personne n'est plus de ce monde. » Sa voix tremblait toujours. « Mais de qui s'agit-il ? » Mon frère la pressait de parler, on aurait dit qu'il était prêt à se dresser tout droit sur ses jambes. Rien au monde ne nous intéressait plus que la réponse à cette question répétée par l'un et l'autre, chacun à notre tour. Dans la voix de mon frère, il y avait comme une prémonition. Peut-être avait-il perçu la même chose dans ma voix.

La mer s'offrait à notre vue. Scintillant de tout l'éclat de ses blanches écailles, elle ondulait, mer sauvage et antique. Elle reflétait le ciel. Le palmier transperçait l'azur. « Ah ! » s'est exclamé mon frère en levant les bras pour s'abriter de la trop vive lumière.

« Où sommes-nous ? » a-t-il demandé, les mains sur

ses yeux. Je me suis dit que c'était une bonne idée d'avoir emmené l'appareil. L'espoir qu'il se remettrait à la photographie me faisait battre le cœur. Je savais parfaitement qu'il ne fallait pas précipiter les choses. Ne pas commettre de maladresse, surtout ne pas le tourmenter. Je me suis arrêté, ma mère également. Notre regard allait de la mer à l'arbre, puis suivait le tronc jusqu'au zénith.

Elle a gardé les yeux fermés un moment, comme éblouie, elle a essuyé une larme de ses doigts, puis elle a dit très calmement : « C'est lui qui a planté cet arbre... »

CHAPITRE 20

« C'est lui qui a planté cet arbre, de ses mains... » Elle ne parvenait pas à achever sa phrase. Elle balbutiait. Les mots restaient coincés en travers de sa gorge. Elle se trouvait face à une obligation qu'elle répugnait à accomplir. Elle était au pied du mur. Peut-être espérait-elle que mon frère et moi, nous serions attendris par son sort. Rien de moins sûr. Elle nc devait pas ignorer qu'on est parfois contraint de boire sans soif, qu'il vous tombe dessus de vraies catastrophes, que la vie est ainsi faite. Il était manifeste, l'instant d'avant, qu'elle n'avait nullement l'intention de reporter à plus tard l'exécution de ce qu'elle considérait comme un devoir. À ce moment précis, ce ne pouvait donc être de notre compassion qu'elle avait besoin. Nous n'avions plus qu'à patienter jusqu'à ce que les mots, coincés dans sa gorge comme des arêtes de poisson, veuillent bien franchir le cap de ses lèvres. Impossible pour elle de repousser plus longtemps la coupe qui lui était tendue, cette coupe que, dans un certain sens, elle s'était destinée.

Nous étions tenus en haleine, nous voulions entendre ces mots. Nous avions pleinement conscience que nous ne pourrions pas les lui arracher de force. C'était du moins ma façon de voir les choses. Mais il en allait sûrement de même pour mon frère. Patienter, respecter le silence, c'était le prix à payer pour entendre enfin ses aveux. Nous avons attendu. Et, grâce à notre patience, nous avons obtenu le droit d'entendre.

Elle s'est laissée choir sur l'herbe comme si une corde tendue en elle s'était rompue d'un coup. Les herbes droites et raides, pareilles à un vêtement de lin amidonné, se sont froissées sous elle. Elle a émis un gémissement tout en posant une paume sur son front. J'ai senti ma main, celle qui tenait la poignée du fauteuil roulant, se charger d'une force extraordinaire. J'ai porté mon regard au loin. Les palmes de l'arbre venaient d'entrer dans mon champ de vision. Un palmier... De cet arbre tropical, si exotique en ce lieu, émanait une impression d'irréalité.

« Je ne sais par où commencer. » Ma mère avait l'air vraiment embarrassé. Moi, je n'étais plus inquiet car cette phrase signifiait qu'elle allait parler. Elle venait en quelque sorte de se débarrasser des arêtes. « Je l'ai rencontré quand je travaillais comme serveuse au *Mindeulé.* » Le début était laborieux. En débutant ainsi, elle exprimait assez courageusement la cause de ses hésitations. C'est qu'elle devait révéler tout un pan de sa vie, tout ce qu'elle avait tenu caché jusque-là. Je pense que l'adage « La partie dit le tout » correspond bien à la situation dans laquelle elle se trouvait. Laisser paraître au grand jour une infime part de ce qui a été tenu secret revient à dévoiler l'ensemble. Car la partie dissimulée, aussi limitée soit-elle, se révèle toujours plus grande, plus importante qu'on ne l'avait cru. Le fait que ma mère ait été serveuse avant de devenir gérante du restaurant était de notoriété publique. Mais qu'elle ait, dans ce restaurant, rencontré quelqu'un, pour être précis : l'homme qui avait planté le palmier, était resté totalement dans l'ombre.

« À l'époque, a-t-elle poursuivi, j'avais vingt et un ans. » Elle a regardé le ciel. Mon frère regardait le sol, moi, la mer. Chacun de nous évitait le regard de l'autre. Nous donnions l'impression de prévenus, à la Cour, attendant le verdict. Non seulement ma mère, mais aussi mon frère et moi. Surtout mon frère et moi. Quand elle a dit : « À l'époque, j'avais vingt et un ans », j'ai senti mon cœur se décrocher. Pour quelle raison ? Parce que c'était une sorte de preuve. La preuve que ce que ma mère allait nous avouer ne concernait pas que sa seule existence. J'étais hanté par le pressentiment que cela ne se limiterait pas à sa propre vie, que l'aveu qu'elle s'apprêtait à faire tomberait sur nous comme le verdict d'un juge.

« À l'époque, j'avais vingt et un ans. Je connaissais mal la ville, a-t-elle poursuivi, je ne savais pas grand-chose au cours du monde. Mon univers à moi était si petit ! Mon père était un homme qui n'avait jamais eu besoin de travailler pour gagner sa vie. Il avait toujours plusieurs domestiques à sa disposition, il était paresseux, prétentieux, passant ses jours à évoquer le bon temps d'autrefois, lisant, buvant, jouant. » En évoquant ce père ingrat et vagabond, qui, à la fin de sa vie, n'avait même pas su que sa femme était morte de maladie, et qui, malade à son tour, était venu se faire soigner chez sa fille, ma mère n'a pu retenir ses larmes. Si elle évoquait cette époque, c'était pour expliquer pourquoi il lui avait fallu travailler. Gravement malade, son père avait un jour surgi dans sa vie d'étudiante. Pour financer ses études, elle assumait alors un emploi de préceptrice au pair dans une famille de parvenus (leur fils était idiot, paresseux et mal élevé) qui avait su, comme tant d'autres, profiter de la confusion sociale de l'époque. Pour ne pas manquer à ses devoirs, il lui avait fallu renoncer à ses études. Négliger le père eût été plus difficile que de renoncer aux études. S'il n'avait pas été malade ou même si, malade, il avait conservé un minimum d'autonomie, elle aurait pu, a-t-elle poursuivi, ne pas s'occuper de lui. Mais à mon avis, en disant cela, elle mentait. L'univers dans lequel elle naviguait, ainsi qu'elle venait de le reconnaître, était en effet très étroit. Et dans cet univers, il n'était pas question d'échapper à son devoir filial.

Lorsque, répondant à l'appel d'une parente lointaine, elle était retournée au pays pour retrouver son père malade, elle s'était demandé comment il avait pu revenir chez lui dans un état pareil. Il était gravement atteint autant dans son physique que dans son moral. Sans une seconde d'hésitation, elle l'avait fait hospitaliser. Elle n'eut pas d'autre choix ensuite que de mettre un terme à ses études.

Et puis il lui fallait de l'argent. Les seules personnes qui, dans son entourage, en possédaient, étaient les parents de ce gamin idiot, mal élevé et fainéant, qu'elle avait charge d'instruire. Faute d'alternative, elle leur avait réclamé de l'aide. Elle ignorait qu'il ne suffisait pas de demander pour que l'argent tombe du ciel. Même si, grâce au soutien apporté au gamin, le bulletin scolaire avait pris meilleure tournure, rien ne garantissait que ces gens débourseraient des sommes suffisantes.

« Te voilà dans de beaux draps », avait compati le père du gosse, manière de lui faire comprendre qu'il ne fallait pas qu'elle imagine trouver de l'argent sous le sabot d'un cheval. Sa réaction l'avait pour le moins désappointée. Mais la maîtresse de maison, sensible à ses difficultés, lui avait lancé (comme on lance des appâts à la pêche) une proposition tout à fait imprévue : « Ça ne te dirait pas de travailler dans notre affaire ? » Jusque-là, ma mère ne savait pas ce qu'ils faisaient, ces gens. Elle n'était pas curieuse, et puis cela ne l'intéressait pas. Elle a tout de même demandé de quel genre d'affaire il s'agissait. Ce qui ne signifiait nullement qu'elle attendait la réponse pour accepter. Elle avait avant tout besoin d'argent, le reste passait après. Si on lui consentait un prêt et si, du même coup, elle trouvait un emploi, que demander de plus ? « Nous tenons un restaurant en ville, une bonne maison, le *Mindeulé.* Ce n'est pas un endroit pour le tout-venant, c'est du haut de gamme, pour ceux qui ont de quoi. On aimerait bien... quelqu'un comme toi, de confiance, pour tenir la caisse par exemple... » Après avoir souligné ses qualités, la patronne du restaurant lui avait proposé la somme qui lui était indispensable, avance qu'elle rembourserait petit à petit en travaillant. « Avec ce prêt, avait expliqué gentiment la dame, tu pourras mettre ton père à l'hôpital et acquitter aussi le pas de porte d'un deux-pièces pour vous deux. » Ma mère, toute reconnaissante, s'était confondue en remerciements.

Une semaine plus tard, elle entrait au *Mindeulé.* Les premiers mois, elle tint la caisse. Il lui fallait préparer les additions, rendre la monnaie, tenir les comptes. Tout bien considéré, rien de très difficile. Un travail qui lui laissait pas mal de temps libre. Naturellement, le salaire était plutôt mince. Difficile, dans ces conditions, de payer les soins de son père et de rembourser les intérêts de sa dette. Elle voyait bien qu'elle n'y parviendrait jamais. À son grand dam, sa dette allait toujours croissant.

C'est alors que sa patronne lui avait glissé à l'oreille que, si elle acceptait de faire le service en salle, elle pourrait gagner bien davantage. De fait, le salaire était de loin supérieur, mais surtout la clientèle laissait de généreux pourboires, plus importants, additionnés, que la paye elle-même. Le bruit courait que l'une des serveuses s'était vu offrir rien moins qu'une maison par un client. Vu que les autres serveuses enviaient l'heureuse bénéficiaire et que celle-ci ne démentait pas, il fallait donc que ce fût vrai. Ma mère ne s'était pas laissée griser par ces contes de fées, mais l'hôpital continuait de lui présenter de lourdes factures et elle n'avait pas un sou d'économie. Ne dit-on pas que nécessité fait loi. Le troisième mois, ma mère se mettait à faire le service. Elle avait vingt et un ans.

CHAPITRE 21

À vingt et un ans, ma mère a fait la connaissance d'un homme au *Mindeulé*. Au début, elle ne savait rien de lui. Elle ne s'intéressait pas aux gens qui fréquentaient le restaurant. Bien sûr, certains révélaient d'eux-mêmes leur identité, mais elle ne prenait jamais l'initiative de chercher à savoir qui étaient les clients.

Ceux qui accompagnaient cet homme l'appelaient tout simplement « le secrétaire ». Elle trouvait ce titre étrange. Elle n'avait pas la moindre idée de ce que pouvait être le travail d'une personne qu'on désignait ainsi, et elle ne cherchait pas à le savoir. Il n'était pour elle qu'un client parmi tant d'autres.

Mais, au bout d'un certain temps, l'homme s'est intéressé à elle. Chaque fois qu'il venait, il demandait à être servi par elle. Il faisait partie des clients fidèles de l'établissement bien avant qu'elle y vienne travailler. Ce n'était donc pas pour elle qu'il allait au *Mindeulé*. Du moins dans les premiers temps. Il venait le soir, accompagné de trois ou quatre convives, parfois plus, il mangeait et buvait avec eux. Il passait là deux ou trois heures avant de rentrer chez lui. Il lui arrivait de rester au-delà de minuit, mais c'était assez rare. Quand il a commencé à s'intéresser à ma mère, il s'est mis à venir plus souvent, toutefois le changement n'était guère perceptible. Car, auparavant, le rythme de ses visites était irrégulier. À certaines périodes, il pointait le nez quasiment tous les soirs, ensuite, il pouvait ne pas se montrer pendant six mois. Mais venir tard le soir juste pour boire, c'était chose dont il n'était pas coutumier. D'aucuns ont remarqué ce changement significatif. On a fini par rapprocher ces visites avec la présence de ma mère. Le patron s'en est rendu compte le premier, puis les autres serveuses, et même les clients réguliers. Ma mère faisait des envieuses, et plus d'une jasait.

L'homme était quelqu'un de secret, pas bavard du tout. Il aimait boire mais pas au point de laisser l'alcool avoir raison de lui. Lorsque ma mère remplissait son verre, il buvait à petites gorgées. Il la servait à son tour, mais sans la forcer. Il ne se permettait aucune privauté sous prétexte d'ébriété. Sur le chapitre de la conduite, il lui faisait plutôt bonne impression, car elle commençait à être exaspérée par ces clients qui, plus ou moins ivres, se tenaient mal et forçaient les serveuses à boire. Tous les deux, ils ne se parlaient pas beaucoup. L'homme dînait calmement en sa compagnie, sans dire grand-chose, buvait un peu, puis se levait en disant qu'il lui fallait partir. Un jour, il est resté à peine vingt minutes. Non pas parce qu'une quelconque affaire l'appelait d'urgence, mais simplement parce qu'il avait décidé de ne pas s'attarder : il passait en coup de vent juste pour la voir un peu. Ces visites éclair se sont reproduites de plus en plus souvent. Il venait juste pour la voir un bref instant. Bien sûr, cela, il ne l'a jamais avoué à quiconque. Mais nul, au *Mindeulé*, ne l'ignorait.

Curieusement, il ne demandait rien. Il ne lui faisait jamais d'avances. S'il s'était laissé aller, à moitié ivre, à lui déclarer sa flamme, elle aurait tout de suite mis le holà. Il se comportait comme s'il ignorait tout des manières ordinaires qu'ont les hommes lorsqu'ils essaient de séduire les filles. Pris d'un début d'ivresse, il disait à ma mère qu'il aimerait s'étendre et poser la tête sur ses genoux. C'était tout. Après qu'une certaine intimité se fut installée entre eux, elle accédait à sa demande. Il s'étendait, posait la nuque sur les jambes de ma mère, fermait les yeux. Elle voyait en lui un enfant. Son visage, déchargé du fardeau et de la tension de la journée, irradiait la paix retrouvée. Dans ces moments, elle ressentait une sorte de compassion pour cet homme qui travaillait sans relâche, sans jamais trouver le temps de dormir à son aise. Elle se sentait fière d'être celle qui savait lui offrir un peu de ce repos tant mérité, même pour de brefs instants. Quand, au bout d'une demi-heure, il émergeait d'un sommeil profond et réparateur et qu'il montrait un visage détendu, elle éprouvait une irrésistible sensation de bonheur.

Tel a été le chemin de l'amour. Comme les bourgeons qui éclosent sans qu'on s'en aperçoive. Lentement. Mais était-ce vraiment de l'amour ?

Un soir, il vint seul. Contrairement à son habitude, il avait déjà beaucoup bu. Ma mère s'en souvenait très bien. Il marchait encore à peu près droit, mais lorsqu'il s'était mis à parler, il avait la langue empâtée. À peine assis, il avait demandé à boire. Ma mère tenta de le raisonner en lui faisant remarquer qu'il avait déjà suffisamment bu. Elle avait insisté, mais c'était peine perdue. Il était très agité, se comportant de façon bien différente des autres fois. « Maintenant, il faut que ça change, avait-il affirmé. Je ne suis pas une marionnette ! Quand je m'assois à côté de toi, Yunhi (c'était le nom dont l'avait affublé le patron du restaurant, mais qu'elle n'utilise plus. Son vrai nom, c'est Soh Yongsuk), je me sens encore plus misérable. Je ne veux plus vivre en lâche. » Il divaguait, passant du coq à l'âne, si bien que ma mère ne comprenait rien. Tout en parlant, il avait gardé sa main dans la sienne et la pressait très fort. Elle se souvenait jusqu'à ce jour que le sang ne parvenait plus au bout de ses doigts.

Son délire ne dura pas. Il s'était affaissé. Lui qui ne s'était jamais laissé aller, ce soir-là, il succombait. Ma mère sentait bien que ce n'était pas seulement à cause de l'alcool. Il y avait autre chose. Sinon, pourquoi ce déluge de paroles ? Elle lui prêta ses genoux. Mais ce soir-là, elle se doutait bien qu'il ne se réveillerait pas au bout d'une demi-heure. Elle ne pouvait pas rester ainsi toute la nuit, ses jambes prises en otage. Aussi lui prépara-t-elle un couchage dans l'un des salons. Elle l'étendit, lui ôta sa veste, ses chaussettes, puis lui lava les pieds. C'est en lui lavant les pieds qu'elle comprit qu'elle l'aimait. Elle ignorait comment il se comportait avec les autres, mais avec elle, il était infiniment doux et tendre, c'était un être qu'il lui fallait protéger. C'était pour cela qu'elle l'aimait, pour rien d'autre. Elle se fichait éperdument de connaître sa situation sociale, son pouvoir. Cela, elle l'a affirmé sur un ton tranchant, comme pour répondre à une objection qu'on lui aurait faite.

Le lendemain matin, l'homme était resté assis, là, sans mot dire, l'esprit ailleurs. Il avait pris conscience de l'endroit où il se trouvait et semblait perplexe. Un petit déjeuner lui fut servi, mais il n'avait pas d'appétit. Il était tellement absorbé dans ses pensées qu'elle n'osait lui parler. Elle avait cru préférable de se retirer. Tandis qu'elle tentait de s'éclipser discrètement à reculons, il l'appela : « Yunhi ! » Sa voix avait la douceur d'une caresse. — Toute au souvenir de cet instant, ma mère a prononcé son propre nom avec la même douceur. — Mais dans cette voix, elle avait perçu aussi quelque chose d'incandescent, comme une décharge électrique. Ma mère s'était immobilisée.

Tournant la tête vers lui, elle attendit qu'il parle. Mais il ne disait rien. Après un long silence (ma jeune mère suffoquait par crainte d'entendre ce qui allait être dit et dont elle avait le pressentiment), il lui demanda : « Pourrais-tu me consacrer un peu de ton temps ? » Elle n'avait rien répondu, lui n'avait rien ajouté. Ce n'était pas vraiment cela qu'elle attendait. Mais dans le regard de l'homme, un regard qui appelait l'assentiment, elle lisait exactement ce qu'elle avait pressenti. Dans ce regard, il y avait quelque chose d'aussi émouvant que dans celui d'un animal acculé au bord d'une falaise. Elle était persuadée que si elle ne disait pas oui, elle le condamnait à sauter dans le vide. Elle n'avait pas le choix, elle s'est empressée d'acquiescer d'un hochement de la tête. Alors, il lui a dit merci, plusieurs fois. Puis, avec un « allons-y » décidé, il s'est levé pour saisir sa main. Il venait de sauter le pas. Ma mère, sans pouvoir dégager sa main, s'est laissé entraîner tout entière.

CHAPITRE 22

Assis avec ma mère à l'arrière de la voiture, l'homme indiqua la destination à son chauffeur. Elle n'a pas prêté attention à ce qu'il disait, loin d'imaginer qu'ils étaient en route pour la côte sud, à grande distance de Séoul. Elle n'avait aucune idée précise de ce qu'il lui voulait. Elle voyait bien qu'il mettait un plan en œuvre, mais lequel ? Et puis, elle n'avait fait qu'accepter de le suivre, que pouvait-elle de plus ? Elle n'osait pas demander s'il n'allait pas devoir retrouver son bureau le lendemain, genre de propos inepte en pareilles circonstances. Elle sentait que le destin était en marche, en cela, elle avait raison.

C'était l'hiver, et pourtant il faisait doux à Namchon. « L'hiver, il ne neige pas ici. » Il s'était mis à parler. « La température ne descend jamais en-dessous de zéro. » Et de fait, les rayons du soleil attiédissaient la peau agréablement. Ils se promenèrent au bord de la mer sans la moindre impression de froid. « Ici, c'est le paradis, ça ne ressemble à rien d'autre en ce bas monde. » Elle a approuvé d'un signe de la tête. Comme pour attester ces propos, des fleurs sauvages s'épanouissaient ici et là. Des fleurs aux corolles mauves.

Après avoir marqué un arrêt, il a dit : « Ici, même l'hiver, c'est fleuri. » Des paroles qui sonnaient avec naturel puisque, autour d'eux, poussaient des fleurs. « Il n'y a que moi qui connaisse ce coin. » Ce lieu n'était donc pas de ce monde. « C'est un monde qui n'existe pas pour les autres. C'est un paradis. » Ma mère se souvenait avec exactitude de ses paroles. Non pas des mots et des phrases, mais de leur sens.

Cet endroit était proche du village où il avait vu le jour. Dans les parages, nulle maison habitée, point de champs, point de rizières. Lorsque, tout petit, il allait chercher du bois dans la montagne, il lui arrivait de venir s'asseoir ici même. Il faisait toujours doux. Même lorsque la bise soufflait partout ailleurs, là, curieusement, on ne la sentait pas. « Quand je venais ici, j'éprouvais un grand bonheur à regarder la mer du haut de la falaise. Je me disais que ce serait bien si on pouvait y construire une maison. Il y a quelques années, j'ai eu envie de revoir ce coin. Je suis revenu. Rien n'avait changé. » Alors, il avait fait construire une maison à l'insu de tous. Un lieu idéal pour lui tout seul. Quand il avait envie de disparaître, il venait là, il faisait le mort pendant plusieurs jours. Il tenait le reste du monde à l'écart, puis il repartait. C'était effectivement un monde qui n'existait que pour lui seul.

Un moment plus tard, il lui demanda à voix basse : « Tu veux bien vivre ici avec moi ? » L'expression de son visage était devenue grave, anxieuse. Si elle n'avait pas répondu oui tout de suite, ce n'était pas d'avoir douté de la crédibilité d'une telle proposition. Il était impossible que celle-ci lui inspire de la méfiance tant l'impression d'irréalité que procurait cet endroit, la perspective de partager ensemble un lieu bien à eux, suscitaient en elle une totale adhésion. Que l'homme fût déjà marié et père de famille appartenait à l'autre monde. Ces choses trop réelles ne valaient pas la peine d'être prises en considération. Ici, si loin, ils se trouvaient dans une espèce d'utopie. Si elle n'avait pas répondu oui d'emblée, c'était à cause de la soudaineté de la question. Aurait-elle répondu, s'il l'avait répétée ? Mais lui n'en avait aucune envie. Il se sentait ridicule. Pareille question, insultante à l'égard de l'un et de l'autre, il ne pouvait la poser une deuxième fois.

Au lieu, donc, de répéter sa question, il lui avait tendu les bras. Elle est entrée dans le cercle de ses bras. Ce sont leurs corps qui se sont mis à parler. Le corps est plus franc, il fait savoir exactement ce qu'il veut. Il n'y a pas parole plus honnête. Ni plus précise. Lorsqu'il l'a enlacée, elle n'a ressenti aucune sensation d'intrusion. L'union de leurs corps était naturelle. Leurs deux corps se sont complétés. « Aristophane a dit que l'amour, c'est la recherche de sa moitié manquante », a-t-il commenté en l'enlaçant très fort comme s'il voulait se fondre en elle. « Platon aussi l'a écrit dans *Le Banquet* », a-t-elle répondu. « Oui, a-t-il enchaîné, au début, l'homme avait deux têtes, quatre mains, quatre pieds, quatre yeux, il avait deux sexes. Mais Zeus, agacé de voir l'homme défier continuellement les dieux, a partagé son corps en deux. — C'est pourquoi, a-t-elle ajouté, les êtres s'aiment pour retrouver leur moitié. Ils tentent ainsi de reconstituer leur corps d'origine, leur esprit d'origine, de retrouver leur intégrité... — C'est sans doute le but ultime de l'amour, a-t-il conclu en caressant les longs cheveux de ma mère.

Voilà pourquoi les personnes qui connaissent vraiment le bonheur sont rares en ce monde. — Je suis vraiment heureuse, sans doute la plus heureuse de toutes », a-t-elle murmuré d'une voix timide. Il a souri. Puis, comme si c'était le moyen suprême d'exprimer son bonheur, il s'est introduit dans son corps. Il voulait retrouver son corps premier en s'unissant à elle, et elle de même. Ils comprenaient qu'en s'unissant, ils touchaient à l'extase et qu'alors le corps dominait l'esprit, que l'esprit n'était plus qu'une part du corps. Ce qu'ils savaient avait un caractère d'évidence totale puisqu'ils le savaient à travers l'expérience charnelle.

À ce point de son récit, ma mère a fait une pause pour reprendre son souffle. Je ne sais pas ce que ressentait mon frère, mais moi, j'avais soif. J'ai regardé le ciel. Les rayons du soleil me vrillaient les prunelles. J'ai fermé les yeux. Je voyais flotter des formes blanches aux allures de bacilles. Qu'est-ce que ma mère était donc en train de nous raconter? Je ne pouvais pas, ici, faire irruption dans son récit. J'avais eu tort tout à l'heure. Sa plaidoirie n'était pas un devoir mais un droit. Si devoir il y avait, c'était celui de l'écouter. Il s'imposait à nous. Je ne sais comment le vivait mon frère, mais ce récit commençait à me mettre sérieusement mal à l'aise. J'aurais bien aimé que ma mère s'arrête. D'aucune façon, je n'avais le droit de l'exiger. Je les observais alternativement, elle et mon frère. Lèvres closes, lui contemplait la mer qui étincelait de toutes ses écailles dans le soleil. Elle, regardait le ciel, éblouie par la lumière. Au bout de son regard, il y avait le palmier. Nul besoin d'être grand clerc pour comprendre que toutes ses pensées avaient émigré dans le passé.

« J'aurais voulu vivre là-bas. Plus exactement, j'aurais voulu ne jamais quitter ce moment-là », a-t-elle murmuré d'une voix rêveuse.

L'hiver de ses vingt et un ans. Elle n'avait pas encore beaucoup de bon sens, et puis, surtout, elle n'avait pas besoin de mesurer le temps. Pour elle, le temps ne s'écoulait pas. Elle ignorait combien de temps ils étaient restés là. Dans les lieux où le temps ne s'écoule pas, tous repères effacés, l'être transcende les situations. Comment, alors, s'y retrouver ? L'homme n'avait-il pas dit que cet endroit n'existait pas dans la réalité, qu'il n'était pas de ce monde ?

Mais, subitement, le temps s'était immiscé dans ce beau mirage, et il s'était mis à s'écouler de nouveau. Leur retraite était devenue un lieu particulier sur cette terre. Finie l'utopie. Le constat s'imposait qu'on ne se soustrait pas au réel, si ce n'est en rêve.

Des voitures noires sont arrivées. Des hommes en costume noir sont venus chercher l'homme. Ils se sont montrés courtois. Ont mis tout leur zèle à transmettre un message. Ils s'efforçaient de le convaincre par tous les moyens, mais de quoi au juste ? Son chauffeur personnel, accompagné des hommes en noir, se tenait dans un coin, tête baissée, avec l'air misérable de celui qui a commis une faute grave. Il n'osait pas regarder son patron. Il n'a pu que dire à ma mère qu'il était vraiment désolé. Alors, elle a compris ce qui se passait. Lui, le chauffeur, il avait dû être harcelé et contraint de révéler le lieu où l'homme avait trouvé refuge. Il était, certes, bien difficile de blâmer le chauffeur, mais ma mère et son ravisseur étaient dans une situation désastreuse. Lui, il a résisté tant et si bien que les hommes en noir ont dû recourir à la force. Ils l'ont quasiment porté jusqu'à sa voiture. Elle aussi, ils l'ont embarquée.

L'automobile a roulé en direction de Séoul. Cette ville était le centre du monde réel qu'ils avaient oublié. Dans la voiture, il lui a pris la main. Elle portait sur lui des regards pathétiques. Elle était prête à entendre n'importe quoi. Ce qui se passait lui échappait en grande partie, mais quoi qu'il arrive, elle était de son côté. S'il lui demandait de mourir avec lui, elle mourrait avec lui. Elle plaçait en lui une confiance totale, absolue.

Dans la voiture qui les ramenait à Séoul, il lui a avoué que la vie qu'il avait menée jusque-là était fausse et vaine. « Si tu savais comment j'ai vécu... tu serais bien surprise. Mais cette vie, c'est fini maintenant. À présent, Yunhi, tu es mon seul espoir. »

Elle aurait eu maintes questions à poser, mais elle préférait se taire. En revanche, elle s'est glissée dans ses bras pour lui témoigner sa confiance. La politique ne l'intéressait pas, elle. Tout ce qui l'intéressait, c'était lui. Par ce geste d'abandon, elle lui faisait savoir qu'elle n'avait pas besoin d'en savoir plus. Lui, avait compris l'inanité des explications. Ils ont l'un et l'autre gardé le silence.

« Vous êtes mon espoir comme je suis le vôtre. Moi, je serai toujours là pour vous. » C'est tout ce qu'elle a dit au moment de descendre de voiture. Il l'a remerciée. Elle avait les larmes aux yeux. Il lui a donné son mouchoir. Elle a essuyé ses yeux, puis elle a roulé le mouchoir dans sa main. Elle ne savait pas que c'était le début d'une longue séparation, même si elle le pressentait. La voiture a disparu. Elle n'a pu retenir ses larmes.

S'élevant du plus profond d'elle-même, une tristesse pesante, pathétique, s'est muée en hoquets. D'abord ténus comme fil de coton, les sanglots se sont faits plainte, puis se sont enflés comme un torrent. Elle s'est laissée choir à terre. Elle venait d'entrevoir ce qu'allait être son destin.

CHAPITRE 23

« Je ne l'ai pas revu. » La voix de ma mère était empreinte d'une lassitude contenue. Les sanglots montaient en elle, et je craignais qu'ils ne jaillissent de nouveau en torrent. Je n'étais pas certain de pouvoir faire face à ses sanglots. Aussi, dans l'espoir d'en prévenir le surgissement, me suis-je empressé de lui demander combien de temps ils étaient restés sans se voir.

« Jusqu'à hier », a-t-elle précisé abruptement.

J'ai senti qu'une grande émotion l'empêchait d'en dire plus. Moi non plus, je ne pouvais parler. Une voix intérieure me soufflait : comment est-ce possible ! Elle est restée muette un long moment, les yeux levés vers le ciel. Il n'était pas difficile de voir qu'elle s'efforçait de contenir son émotion. Si elle détournait ses yeux du ciel, elle ne pourrait plus retenir ses larmes. Au premier sanglot, elle perdrait tout contrôle. La voir pleurer, ce n'était certes pas ce que mon frère et moi souhaitions. Il nous restait à espérer qu'elle parvienne à recouvrer un peu de sérénité. Dans ces circonstances, je le devinais, toute autre question aurait été une véritable provocation. Elle était libre de faire ou non des aveux. Cela impliquait qu'elle ne devait pas être harcelée.

Après un long silence, elle s'est remise à parler. « Depuis le jour où il m'a quittée si brusquement, il n'est plus jamais venu me voir. » Elle a raconté la suite de son histoire. Il n'était plus revenu, plus jamais revenu au *Mindeulé.* En réalité, il ne pouvait plus revenir. De ce jour, il ne lui avait plus donné signe de vie. Mais, pour dire vrai, l'absence de nouvelles n'avait pas été totale. Tout d'abord, ma mère avait entendu dire qu'il n'était plus « secrétaire ». Non seulement démis de ses fonctions, mais encore tenu au secret, il faisait l'objet d'une enquête. Il était en prison. Ou à l'hôpital. Physiquement défait, il avait quitté le pays. Ou il était mort. Aucune des rumeurs qui abondaient à son sujet ne fut jamais avérée. Parmi les clients du *Mindeulé*, ceux qui auraient pu la renseigner gardaient un silence de tombe ou s'arrangeaient pour l'éviter.

Quand, enfin, des informations un peu précises lui parvinrent, elle était enceinte de cinq mois. C'est du chauffeur qui avait amené les hommes en noir qu'elle avait appris des choses.

Le chauffeur avait commencé par un « je ne sais pas très bien au juste ». Manière pour lui d'exprimer discrètement le respect, la sympathie, voire la compassion qu'il éprouvait pour son patron, mais aussi la fierté de celui qui partage des choses confidentielles. Et il avait raconté tout ce qu'il savait. Son patron était soupçonné d'agissements très graves. Il faut se rappeler que, à cette époque, une loi de sûreté nationale avait été promulguée dans le but d'enrayer toute tentative des communistes d'attenter à l'État, et de garantir les libertés fondamentales. En tant que membre de la commission présidentielle créée pour sa mise en œuvre, c'est à cet homme qu'était échue la charge de faire appliquer ladite loi. Et l'ironie du sort a voulu qu'il tombe lui-même un jour sous le coup de cette loi. Surprenant, mais véridique. Tout en précisant qu'il ignorait les détails de l'affaire, le chauffeur avait révélé à ma mère que son ancien patron était coupable de divulgation de secrets d'État. On l'accusait d'avoir passé des informations sensibles à des organisations pro-communistes extrémistes, de s'être laissé acheter par ces organisations qui, œuvrant pour la Corée du Nord, s'employaient à susciter des désordres sociaux au Sud. Ces nouvelles avaient fait trembler ma mère. « Je ne connais pas les détails, mais qu'on l'ait mis en accusation, cela je ne le sais que trop », avait balbutié le chauffeur. Et là-dessus, il avait décampé.

Quelques jours plus tard eut lieu l'arrestation d'hommes politiques, opposants et dissidents, ainsi que d'étudiants et d'ouvriers, qui auraient prétendument fomenté un coup d'État. Les journaux reproduisaient une sorte d'organigramme faisant apparaître les relations entre les coupables : un véritable syndicat du crime. Le nom de l'homme n'y figurait pas. Ce qui, aux yeux de ma mère, n'était pas de bon augure. « Que se passe-t-il donc ? » se demandait-elle. Ne rien savoir de son sort était insupportable, ce total black-out décuplait son angoisse. Comment peut-on disparaître sans laisser de trace ? Cette énigme la terrorisait. Elle attendait un enfant de lui, il lui fallait à tout prix le revoir. Elle s'était démenée pour avoir de ses nouvelles, elle avait frappé à toutes les portes. Peine perdue. Aucune information ne filtrait, toutes les voies d'accès étaient bloquées.

Quelques mois plus tard, la seule information qu'elle ait pu obtenir vint du patron du restaurant, qui lui-même la tenait d'une source fiable. Son cœur palpitait, sa gorge se nouait tandis qu'elle l'écoutait.

« On dit qu'il s'est séparé de sa femme. Tout le monde sait qu'il doit son ascension sociale à sa belle-famille. Son beau-père est celui qui, dans le gouvernement actuel, tient réellement le pouvoir. Moi, je ne comprends pas qu'on puisse refuser le pouvoir. Même si sa femme est prétentieuse, détestable, même si c'est elle qui porte la culotte, même si, comme il est de notoriété publique, elle le maltraitait, blessait constamment son amour-propre, même si elle le traitait comme une merde, il n'avait qu'à se dire : je suis une merde, et faire ce que bon lui semblait ! Pas bien difficile, non ? Je sais qu'il était très attaché à toi ; son côté sentimental, personne ne l'aurait soupçonné. Mais quand on a de grandes responsabilités dans la société, on ne fait pas de sentiments. Il ne pouvait plus supporter la gueule de sa bonne femme, alors il l'a quittée. Son courage est louable, je veux bien, mais pareille audace a de quoi surprendre. Pourquoi donc vouloir rompre ? Franchement, s'il a grimpé dans la société, est-ce parce qu'il était plus compétent que d'autres ? Sa réussite, il la devait totalement à la famille de sa femme. À sa place, j'aurais fermé ma gueule. Ce n'est pas rien d'avoir le soutien d'une famille pareille. En tout cas, moi je ne le comprends pas. Mon avis vaut ce qu'il vaut, peut-être pas grand-chose, mais si, lui, il morfle en ce moment, ce n'est pas par hasard. Ce n'est pas du tout à cause de cette rocambolesque infraction à la loi de sûreté, encore moins à cause de cette histoire de complot, tout ça n'a rien à voir. Je le dis comme je le pense, il s'est lui-même passé la corde au cou. Pour ceux qui tiennent le pouvoir entre leurs mains, il est aussi facile de faire ou défaire la destinée d'un quidam que d'avaler une soupe tiède. Il a été propulsé au sommet en trois coups de cuiller à pot, il a été largué de la même façon sans que personne se rende compte de rien. Je le sais bien, moi, de mon point de vue, que le pouvoir est redoutable. Lui, là où il était, il devait bien le savoir aussi. Alors pourquoi il a fait ça ? Moi, je sais pas. Mais je suis bien certain que si jamais ces gens-là découvrent qu'il s'est attaché à toi, ils ne te laisseront pas tranquille. Alors, arrête d'enquêter sur lui ouvertement. C'est le conseil que je te donne. Oublie-le. Lui, il est rayé, fini. Un cadavre, ou tout comme. »

Elle n'en croyait pas ses oreilles. Quand elle eut compris son rôle dans le retournement du destin de cet homme, tout d'un coup, il s'était mis à lui manquer terriblement. Si le patron du *Mindeulé* avait raconté tout cela pour l'en éloigner, il avait manqué son but. Assurer l'absence d'avenir pour leur relation avait enflammé son cœur. Si son homme avait tout perdu, d'autant moins pouvait-elle l'abandonner. Cet adieu adressé à tous était, pour eux deux, un commencement. En proie à la plus vive angoisse, elle avait poursuivi son enquête. Toujours sans résultat. Elle n'avait pas ralenti le rythme de ses recherches ni avant ni après son accouchement.

« Ici aussi, je suis venue plusieurs fois », a précisé ma mère. « Parce que je me disais que, peut-être, il m'attendait ici... Mais non. » Elle évoquait ses souvenirs d'une voix larmoyante. Son récit, qui suivait un cheminement imprévisible et pourtant orienté, a débouché sur cette phrase : « C'est ici que j'ai accouché de mon premier enfant. »

« C'est ici que j'ai accouché de mon premier enfant. » Ces mots ont résonné comme s'ils étaient les tout premiers de la Genèse. Ils ont sonné comme « Et Dieu créa le monde », avec la même force déclamatoire. En les entendant, j'ai senti la foudre me traverser le corps. J'étais en même temps saisi d'une profonde émotion. Il y avait, dans la voix de ma mère, une dignité, une fierté nouvelles, pour moi inexplicables. Manifestation des vertus maternelles ? Elle-même ne s'était peut-être pas aperçu de ce changement de ton. C'est dans cette phrase que sa fierté puisait sa force. Une phrase qui effaçait les doutes et les questions. En entendant ces mots, je suis resté sans voix, tout comme mon frère. L'ai-je alors regardé ? Il me semble que oui. Mais je ne me souviens pas de sa tête. Ai-je regardé notre mère ? Elle n'avait pas, depuis le début, posé les yeux sur nous une seule fois. Mais désormais, elle ne se laissait plus uniquement guider par le flot des souvenirs : elle parlait en maître. Elle nous regardait fièrement, pareille à un marin qui, après s'être affronté aux vagues rugissantes, est enfin parvenu à quai. Elle nous a considérés tour à tour et elle a affirmé : « Mon premier enfant. » Nul besoin d'aller plus loin. Du moins en ce moment. Pourtant, elle avait encore matière à discourir et nous avions encore des choses à entendre, mais la situation, pour l'instant, n'en demandait pas davantage.

CHAPITRE 24

Nous avons quitté Namchon, nous sommes revenus à Séoul... ces deux jours m'ont paru interminables, comme si deux ans, non : vingt, s'étaient écoulés.

Mon frère et moi, nous nous sommes inclinés devant le corps du défunt. La chapelle ardente dressée pour lui sans fastes demeurait silencieuse. Il y avait très peu de monde. Les rares personnes qui avaient fait le déplacement n'étaient pas très loquaces. Elles parlaient comme si elles se savaient écoutées. Il m'a semblé (peut-être n'était-ce qu'une impression) qu'elles jetaient des coups d'œil sur nous, qu'elles parlaient de nous. Ma mère a pris place dans un coin. Toute son attitude disait la gêne ressentie, tel un arbre planté au mauvais endroit. Sa présence avait quelque chose de dérangeant, de déplacé. Dérangeante et déplacée, la mienne ne l'était pas moins. Nous ne savions plus comment nous comporter, non pas parce que nous avions du mal à mettre de l'ordre dans nos idées, mais parce que nous ne savions pas ce qui convenait. Nous nous demandions si notre présence ici avait du sens, et nous étions incapables d'en juger.

Dans toute cette affaire, la personne qui devait éprouver la plus grande confusion, c'était bien mon frère. Pourtant, il restait calme. J'avais peur de le voir céder à une crise sous le choc des événements, mais il se tenait bien, à tel point que je m'en étonnais. Il a allumé un bâtonnet d'encens, il s'est incliné longuement devant la dépouille mortelle, puis il est resté tranquille à côté de ma mère. Il lui tenait la main. Tout cela m'a paru admirable. Il donnait l'impression d'avoir tout anticipé. Oui, me disais-je, en tant qu'aîné, il tient à paraître digne de sa mère... Une telle explication, pourtant, me semblait insuffisante.

Quelques personnes qui connaissaient ma mère se sont approchées et inclinées devant elle. Scène pour le moins étrange. L'une d'elles a retenu notre attention, à mon frère et à moi. C'était un vieillard tout ridé et chenu ; il avait les reins pliés. À peine vit-il ma mère, qu'il s'est avancé ; à genoux devant elle, il a éclaté en sanglots. Ma mère l'a pris par le bras pour l'inviter à se relever, mais il résistait. Elle a dû quitter sa chaise et s'accroupir devant lui.

Les phrases du vieillard étaient hoquetantes. « C'est moi le coupable... c'est moi qui ai vendu la mèche... c'est moi qui ai provoqué ce grand malheur qui vous frappe... et qui a frappé mon maître. » Il pleurait tant que ses paroles en devinrent presque inaudibles. Une chose, du moins, était claire : il déchargeait son cœur d'un lourd fardeau, porté depuis bien longtemps. Il répétait que c'était lui le coupable. Il disait qu'il aurait dû mourir, qu'il avait honte de vivre encore. Et il a ajouté : « Vous comprenez, madame, à l'époque, la situation était si terrible. »

J'ai deviné qui était cet homme. C'était l'une des rares personnes à connaître ce coin de Namchon quand ma mère y passait les moments les plus heureux de sa vie. Lui, il était arrivé là avec les hommes en noir, ces hommes qui les avaient ramenés dans le monde réel, qui leur avaient rappelé que le paradis n'existait pas, en tout cas pas sur cette terre. Ma mère avait perdu son bien-aimé, il s'était volatilisé, elle n'avait plus entendu parler de lui. Elle eut son enfant, le temps avait passé, l'homme n'était jamais réapparu. Elle ne comprenait pas cette disparition, une disparition totale, mais il lui avait bien fallu accepter son sort. Elle s'était mariée, le temps avait continué de passer, ce n'est qu'après bien des années qu'elle avait revu, dans cet endroit hors du monde, celui qui avait été son amant. « C'est ce monsieur qui m'a suggéré de venir ici... », nous a dit ma mère en se tournant vers nous. Le vieillard pleurait de plus belle comme s'il avait commis un crime abominable. « J'aurais voulu vous contacter plus tôt, mais mon maître me l'interdisait, il ne voulait absolument pas. Alors... » Il gémissait. Il s'est tourné vers nous, mon frère et moi, ce qui nous a mis dans un grand embarras. « Il ne voulait plus qu'on le soigne, il m'a demandé de le conduire à Namchon. Il y a six mois, il m'a dit qu'il aimerait y passer ses derniers jours. »

« Tout cela remonte à trente-cinq ans », a dit ma mère d'une voix douloureuse. « Pendant ces trente-cinq années, mon maître n'a jamais cessé de penser à vous, madame », a murmuré le vieillard dans ses larmes. « Moi non plus, je ne l'ai jamais oublié », a ajouté ma mère. « Le vent a tourné et il s'est dit qu'il pouvait rentrer dans son pays, mais quand il est arrivé, sa santé était déjà bien détériorée. » Le vieil homme parlait comme si, bien que simple chauffeur, il se reprochait la maladie de son maître.

« Il était à l'étranger pendant tout ce temps, oui, comme en exil. Non seulement il ne pouvait revenir, mais il ne pouvait pas, non plus, donner de nouvelles », nous a expliqué ma mère.

« Si monsieur n'avait pas pu vous revoir, avec quel chagrin il aurait quitté ce monde ! » a poursuivi le vieil homme toujours en larmes. « Cette idée lui était insupportable, à lui, comme à vous, comme à moi aussi. C'est pourquoi je vous ai avertie contre son gré. Chose curieuse, le jour où vous êtes arrivée, il a dû avoir un pressentiment : il avait les idées claires, et dès le matin en se réveillant, il m'a dit qu'il voulait faire sa toilette. Puis il m'a demandé de le conduire sous le palmier.

« Je n'aurais jamais soupçonné, a dit ma mère, que pourrait pousser ici un palmier aussi magnifique. Je n'ai rien vu quand il m'arrivait de venir ici à la recherche de traces de notre passé.

— Lui aussi, il a été très surpris. Le jour où il est venu, il a regardé ce palmier qui s'élançait vers le ciel, il n'en croyait pas ses yeux.

— Oui, c'est incroyable. Cet arbre prouve que l'incroyable peut être vrai.

— Monsieur venait s'asseoir de longues heures dans son ombre les beaux jours. Et puis, il m'a raconté l'histoire de cet arbre.

— Oui, c'est en nous promenant ensemble sur la plage qu'on a, un jour, découvert un fruit inconnu, a expliqué ma mère en nous regardant tour à tour, mon frère et moi.

— Il a dit que ce fruit venait sans doute du Brésil ou d'Indonésie, qu'il avait dû traverser le Pacifique, a ajouté le vieil homme sur un ton qui manifestait une surprise toujours neuve.

— On a donc planté la noix de coco devant la maison, en haut de la falaise, a repris ma mère en soupirant. Histoire de voir si une plante tropicale arriverait à pousser sous le climat de Namchon. »

Ainsi la conscience leur était venue que cette graine traversant jusqu'à eux l'océan, était un signe. L'arbre ne figurait-il pas la promesse d'un amour total, sans nulle entrave jamais ? Alors, ils avaient gagé leur union sur cet arbre. Ils lui avaient confié leur espoir. Mais ils n'imaginaient pas le voir pousser. Le climat et le sol étaient si différents ici. À ce moment de son récit, la gorge de ma mère se noua. Ignorant un sol et un climat hostiles, cet arbre avait donc défié le ciel... Elle en avait les larmes aux yeux. Les mots pour évoquer l'arbre symbole lui restaient au fond de la gorge. La magie de l'espace qui s'étendait au pied de l'arbre et de l'acte auquel ma mère s'était livrée prenaient tout leur sens. Je pouvais enfin comprendre pourquoi, lorsqu'elle s'était couchée nue sur le corps de l'homme malade, superposant exactement aux siens ses bras, sa poitrine, son visage, ses jambes, cela ne m'avait pas paru obscène, mais parfaitement innocent et pur.

Dans la voiture qui nous ramenait tous les trois à Séoul, nous gardions le silence. Ma mère semblait très lasse, mon frère, perdu dans ses pensées. Atmosphère d'une terrible pesanteur. C'est moi qui étais au volant. J'avais du mal à bien conduire car l'image de cet arbre se présentait sans cesse à mes yeux, un arbre venu, à travers l'océan, du Brésil ou d'Indonésie et qui, au sommet de la falaise, s'élançait au-dessus du Pacifique. Il avait patienté en terre, mis des années à s'adapter à ce sol et à ce climat inhospitaliers. Et il avait fini par s'acclimater tout à fait à ce coin du monde.

Ses racines descendent jusqu'à la mer, la mer l'enserre dans ses flots. Non, c'est le contraire. C'est l'arbre qui enserre la mer. L'arbre est plus grand, plus vaste que la mer. Je voyais un arbre dont les racines couraient dans le Pacifique pour aller jusqu'au fin fond de la jungle du Brésil ou de l'Indonésie. Ou encore, qui sait ? un arbre qui toutes les nuits s'élançait sur les fonds marins et faisait l'aller et retour entre ici et son pays d'origine. C'est un horrible préjugé que de croire en l'immobilité des arbres. Regardez ce palmier. S'il a pu traverser le Pacifique pour venir jusqu'ici, pourquoi n'effectuerait-il pas le chemin inverse ? Certes, on ne voit pas les arbres se déplacer, mais est-ce une raison pour croire qu'ils ne bougent pas ? Je laissais libre cours à mes divagations, ni ma mère ni mon frère n'en ont, à aucun moment, interrompu le flux. Mon frère était fatigué, ma mère réfléchissait. L'atmosphère était lourde. Je conduisais les yeux fixés droit devant moi.

CHAPITRE 25

Depuis notre retour de Namchon, nous vivions chacun dans notre coin comme si les autres n'existaient pas. Ma mère partait tôt à son travail pour ne rentrer que très tard le soir. Mon frère ne quittait jamais sa chambre. Mon père non plus. Il ne nous arrivait que très rarement de manger ensemble. J'ai même, un jour, entendu notre femme de ménage se plaindre : elle disait qu'elle n'avait jamais vu une famille pareille, qu'il lui fallait préparer quatre fois le petit déjeuner. Elle n'avait pas tort. En vérité, cette pratique ne remontait pas au voyage de Namchon. Même si ces péripéties la confortèrent. L'absence d'intérêt pour les autres, le principe de non-ingérence mutuelle ne s'étaient pas introduits du jour au lendemain, mais petit à petit, à la manière de la poussière qui, couche après couche, s'épaissit au fil du temps sur les armoires. C'est pourquoi ce mode de vie, fort étrange aux yeux de témoins extérieurs, paraissait parfaitement normal aux membres de la famille.

J'ai trouvé plusieurs messages sur mon répondeur. Une dame me demandait de lui retrouver sa fille en fugue. Un jeune homme me priait de lui procurer un billet d'avion pour l'île de Cheju. Ces appels s'adressaient à *L'Abeille et la Fourmi.* Le jeune homme qui voulait un billet d'avion avait laissé un autre message, agacé : « Qu'est-ce que c'est que ce bordel, tu te remues ou quoi ? »

J'aurais aimé entendre la voix de Sunmi, mais elle n'avait laissé, elle, aucun message. Rien non plus de l'homme qui m'avait demandé d'enquêter sur ma mère. J'étais un peu déçu. Je me suis dit que lui, il devait en savoir bien plus que moi sur notre famille et sur ma mère. C'était mortifiant. Plus exaspérant que mortifiant d'ailleurs. Je voulais découvrir ce qu'il savait et ce qu'il cherchait à savoir. Par-dessus tout, j'aurais aimé connaître ses intentions. Il ne m'avait pas passé cette commande par hasard. Alors à quelles fins ? Pour m'inviter à enquêter sur ma propre mère en connaissance de cause, il devait forcément nourrir un dessein. Voulait-il m'apprendre ce que lui savait déjà ? Et pour quels bénéfices ? L'identité du client rendait évidemment ces derniers dissemblables. J'aurais tout de même bien voulu la connaître, son identité.

Mais il ne se manifestait pas. J'étais condamné à attendre qu'il veuille bien m'appeler. Que le contact se fasse toujours à sens unique m'agaçait au plus haut point. C'était ainsi, je n'y pouvais rien.

Deux jours plus tard, j'ai trouvé un message de Sunmi. Au son de sa voix, mon cœur s'est mis à battre, signe que mes sentiments n'étaient pas éteints. Ce qu'elle avait à me dire ne me concernait pas directement, n'empêche que je me sentais piqué au vif. Par crainte que mon frère l'entende (il n'y avait pourtant aucun risque), j'ai baissé le volume du répondeur. Elle ne m'appelait nullement pour me faire une déclaration d'amour, mais je me comportais comme si c'était le cas. Je me montrais d'un parfait ridicule. « C'est Yun Sunmi. » Après s'être présentée, un moment d'incertitude. Je retenais mon souffle. « J'aimerais qu'on se voie. » Nouveau silence. Puis : « Non, pas la peine. » Elle revenait sur sa première idée. Puis elle a raccroché doucement. Je comprenais son hésitation. Elle avait pris son courage à deux mains, mais il n'était pas de taille à éclipser totalement sa lucidité. Qu'est-ce qui l'avait donc poussée ? Quand plus tard j'ai su son projet, j'ai eu du mal à croire qu'elle ait réussi à trouver autant de courage en elle.

Sunmi avait beau avoir changé d'avis, cela ne m'a pas dissuadé, je suis allé la voir sans attendre.

Avant de sortir, j'ai ajouté mon numéro de portable au message d'accueil de mon répondeur. Pour le cas où elle me rappellerait. Je ne voulais pas que, ne me trouvant pas, elle se prenne à hésiter de nouveau. La probabilité que la personne qui m'avait demandé de chercher sa fille me rappelle était quasiment nulle. Et puis, j'avais un autre souci en tête : il ne fallait pas louper un éventuel coup de fil du commanditaire de l'enquête sur le passé de ma mère. J'ai pu constater que ni Sunmi ni mon client ne m'ont rappelé.

Elle était à la bibliothèque. En entrant dans la salle de lecture, je l'ai trouvée assise à sa place devant son ordinateur. Fausse impression de ma part ? elle avait l'air sombre. Comme la première fois, elle gardait la tête baissée. Il m'a fallu toussoter à plusieurs reprises pour attirer son attention. « Votre carte, s'il vous plaît ? » a-t-elle demandé d'une petite voix sans même lever les yeux. J'ai tiré mon permis de conduire de mon portefeuille et l'ai posé sous ses yeux. Elle a vu ma photo, mon nom : elle est restée un instant sans bouger. Ses doigts immobiles sur le clavier disaient assez qu'elle m'avait bien identifié. Je voyais ses cils trembloter de façon imperceptible.

Elle a repoussé mon permis et s'est levée. Je l'ai suivie. Le calme dont elle faisait preuve m'a donné l'impression qu'elle m'attendait bel et bien. Elle est passée dans le bureau pour récupérer sa veste. Un trench-coat beige qui lui allait au teint (elle n'était pas maquillée). Un rayon de soleil très doux, comme filtré, emplissait les rues. Elle a grimacé. À cause du soleil ? Difficile de savoir.

Elle m'a emmené dans un petit café non loin de la bibliothèque. Le plafond bas était tapissé de lambris. Ça sentait le bois sec, l'établissement venait sans doute d'ouvrir récemment. La sono déversait en vagues continues des chansons pop anglaises que je n'avais pas entendues depuis des lustres. Nous avons pris place près de la fenêtre. Le serveur (il portait la barbe) s'est approché, l'a saluée et lui a demandé si elle voulait un café. Elle a acquiescé. L'homme m'a ensuite tendu une carte à peine plus grande que la paume. J'ai commandé aussi un café.

Tandis que nous attendions d'être servis, un silence morose s'est installé entre nous. Je me sentais soudain dans l'inconfort, écrasé de fatigue. Le souvenir de ce qui s'était passé à Namchon me revenait comme un rêve déjà ancien. Une sorte d'hébétude s'était emparée de moi, mes yeux se fermaient tout seuls. C'est volontiers que j'aurais fait une sieste sous le palmier de Namchon, bercé dans les bras de celle qui me faisait face. Les chimères suscitées par la musique ambiante m'envahissaient, comme si ces chansons familières (et narcotiques !) m'étaient injectées dans le sang.

Le barbu est enfin arrivé avec les cafés. « Je viens de le faire, il va être bon », a-t-il dit pour excuser sa lenteur. Sa voix frêle et douce contredisait son apparence rustique. Il se montrait particulièrement attentionné, peut-être parce qu'en ce moment, il n'avait pas d'autres clients. Avant de nous laisser, il s'est penché vers Sunmi : « Vous voulez votre chanson ? » lui a-t-il demandé à voix basse. Elle a eu l'air embarrassé et, agitant la main, elle a fait signe que non. Sans doute voulait-elle laisser entendre au serveur le caractère inadéquat d'une telle sollicitude en ces circonstances. Il n'a pas insisté, mais une rougeur tenace avait envahi le visage de Sunmi. Je me crus autorisé à la questionner. Bien que gênée, elle a répondu calmement que ce n'était rien, qu'elle préférait parler d'autre chose. « De quoi s'agissait-il ? » ai-je insisté en élevant la voix à l'intention du serveur. J'avais calculé qu'il intercepterait la question adressée à mon interlocutrice. C'est exactement ce qui s'est passé.

« C'est la chanson que mademoiselle demande quand elle vient seule », a dit gentiment le serveur en plongeant des tasses dans l'eau chaude. J'ai jeté un coup d'œil sur Sunmi pour voir si elle s'empourprait, puis j'ai lancé : « Quelle peut être cette chanson ? Je vous en prie, mettez-la ! » Le serveur interpellé s'est redressé et a tourné les yeux vers nous. Il attendait un signe de Sunmi qui dissimulait son embarras dans la pénombre. Il lui importait peu, au fond, de passer telle ou telle musique. C'était juste une petite attention, en rien une obligation. Un privilège au client fidèle, qui, s'il l'accordait, pouvait lui valoir un remerciement, mais nulle récrimination en cas de refus. Ainsi devait-il penser dans son désœuvrement, certainement plus leste à satisfaire les désirs d'une clientèle clairsemée.

Tant et si bien qu'il s'est résolu à accorder à Sunmi un traitement de faveur. Il s'est approché de la chaîne audio tout en s'essuyant les mains. Une autre chanson a succédé à la rengaine pop qui déversait sur nous ses couplets. Dans le même temps, Sunmi, tournée vers la fenêtre, inclina lentement le front, de plus en plus bas, au point de toucher presque la table. Aux premiers accords de guitare, j'ai compris son embarras. Les paroles, je les connaissais bien, la mélodie aussi. *Je t'ai donné mon cœur... Tu ne m'as pas porté le moindre regard, Alors que je suis là depuis si longtemps... Combien de temps me faudra-t-il encore rester ici ?... Avant qu'il ne disparaisse sans laisser de trace, Prends mon cœur en photo, mon photographe...*

Je savais évidemment qui était le photographe et pour qui la chanson avait été composée. J'étais néanmoins stupéfait de l'entendre dans ce bar. Car la cassette se trouvait chez moi. Bien sûr, il pouvait exister une copie. Mais il y avait autre chose. Ce n'était pas la voix de Sunmi. Et puis, la qualité de l'enregistrement n'avait rien de commun avec celui réalisé à la maison. Elle allait devoir m'éclairer.

Sommée par mon regard inquisiteur, elle cessa de tapoter sa tasse et releva ses cheveux : « C'est tout à fait par hasard », a-t-elle expliqué d'une voix à peine audible. « Je suis entrée dans ce café un jour et j'ai entendu cette chanson. » Réponse fort peu satisfaisante, peu susceptible de combler ma curiosité. Elle ne l'ignorait pas. « J'avais donné cette chanson à une amie, au club de l'université, une fille qui chante très bien », a-t-elle poursuivi d'une toute petite voix, comme si elle avait commis une faute grave. « Cette amie s'est présentée à un concours étudiant et, avec cette chanson, elle a gagné un prix d'encouragement. J'ai su que la chanson avait été enregistrée sur un disque qui regroupait les lauréats, et puis, je l'ai entendue ici, en effet. Alors... »

Oui, Sunmi avait été surprise, et contente; elle avait demandé au serveur de lui montrer le disque. Sans doute l'avait-elle supplié de passer et repasser la chanson. Elle s'en était peut-être même déclaré l'auteur. Depuis, le serveur la lui sélectionnait avec le sentiment d'un petit cadeau dès qu'elle poussait la porte. Sans savoir, bien entendu, qui était « le photographe de son cœur », ni rien connaître de la place qu'occupait cette chanson dans la vie privée de sa cliente, sans rien percevoir non plus de la mélancolie que cette mélodie devait invariablement provoquer en elle.

J'étais bien sûr jaloux du photographe qui habitait encore son cœur. Depuis l'époque où, caché, j'écoutais ses chansons (j'avais vingt et un ans), le désir de l'entendre chanter pour moi, pour moi seul, ne m'avait guère quitté. Mais ce rêve, il avait bien fallu y renoncer, puisque en aucun cas il n'aurait pu se réaliser. Aujourd'hui encore, rien n'avait changé; à la moindre occasion, ce rêve resurgissait et enflait comme une tumeur sans que j'y puisse rien.

Près de lui céder à nouveau, j'ai vite amené la conversation sur mon frère. J'ai avancé, sur un ton enjoué : « Le photographe ne prend plus de photos... — Justement... », s'est-elle récriée avec un subit à propos. Il m'a semblé que son souci était de se libérer au plus vite de ce qu'elle estimait être son devoir. « Vous pensez que s'il me revoie, il se remettra à la photo ? » Sa question était plus blessante qu'une aiguille sous l'ongle. C'était néanmoins le seul but de ma visite. Je me fis la réflexion que bien des choses avaient changé. La seule personne qui pût aider mon frère à reprendre son appareil photo, c'était elle, avais-je pensé. Mais une demande encore plus insistante, celle qu'exprimait mon cœur, m'avait poussé à la voir. Mon frère n'était-il pas un prétexte ? Craignant que mon intérêt personnel ne vienne ternir la part de désintéressement de ma démarche (je voulais sincèrement remettre mon frère en contact avec le monde extérieur), j'avais sciemment négligé d'examiner le fond de mes pensées. Ébloui par la perspective de revoir Sunmi, je m'étais vaguement persuadé que si je la retrouvais, mon frère serait sauvé. Mais se remettrait-il réellement à la photo s'il la voyait ? Quand Sunmi a posé cette question, mes pensées nageaient en pleine confusion. Était-ce parce que je revenais juste de Namchon ? J'avais l'impression que plusieurs dizaines d'années s'étaient écoulées depuis ce voyage. C'est qu'à Namchon, ce n'était pas seulement l'espace qui était surnaturel, mais aussi le cours du temps. Il était impossible, là-bas, de savoir si le temps filait, tournait en rond, suspendait sa course...

« Aidez-moi à rencontrer votre frère », m'a-t-elle dit tout bas. On entendait maintenant le refrain de *Mon photographe : Prends mon cœur en photo, mon photographe,*

Prends mon cœur en photo... Mille pensées m'assaillaient, pourtant je me suis surpris à fredonner la mélodie.

« Emmenez-moi à cet hôtel », a-t-elle demandé. J'ai cessé de chantonner. Que voulait-elle dire ? C'était juste après le dernier refrain. Interdit, je levais sur elle les sourcils. Elle a répété clairement les mêmes mots, et je suis certain qu'elle l'aurait fait autant de fois qu'il eût fallu si j'avais insisté : « Emmenez-moi à cet hôtel, là où il rencontre des filles. » Sa voix chevrotait un peu. Elle a reformulé sa demande une troisième fois. Cette fois, ses mots, elle les crachait.

J'ai eu l'impression qu'elle voulait s'insulter, se salir. Elle a dit et redit : « Je suis une pute, je ne vaux pas mieux qu'une pute. » J'étais au bord des larmes. Je l'ai priée de se taire, mais je ne savais plus m'exprimer. Je bafouillais, mon cœur battait à se rompre. J'ai fait signe au garçon de rapporter du café bien que ma tasse ait été encore à demi pleine. Sunmi, elle, n'avait pas encore touché à la sienne.

CHAPITRE 26

Elle répétait : « Je suis une pute, je ne vaux pas mieux qu'une pute. » Je ne supportais pas d'entendre de tels propos. Je la priais d'arrêter. Non par fausse pudeur, mais je trouvais ces mots intolérables dans sa bouche. Elle ne m'écoutait pas. Elle était décidée à s'abaisser, à s'humilier. Elle se traitait de putain, elle voulait véritablement s'offrir à mon frère au motel, elle l'affirmait haut et fort : sa détermination à se précipiter dans l'abjection était totale. Je lui ai dit que ce n'était pas acceptable. Elle a répliqué qu'il s'agissait d'un devoir. J'ai affirmé une fois de plus que c'était irrecevable, elle se butait dans sa requête. Ma visite, disait-elle, avait eu pour effet de l'aider à se découvrir, à se retrouver. À se rendre compte qu'elle était une pute. Je n'étais d'accord sur rien. Pour moi, elle n'était pas ce qu'elle prétendait et ne devait surtout pas l'être. Jamais je n'avais pensé qu'elle pût être qualifiée de telle. Je n'avais aucune raison de l'insulter.

Mon seul souhait était qu'elle revoie mon frère. C'est tout ce que j'avais désiré obtenir d'elle depuis le début. Mais il n'était pas question qu'elle remplace les prostituées du motel. Non seulement ce rôle ne pouvait pas lui convenir, mais surtout ce n'était pas ce qu'attendait mon frère. S'abaisser ne collait pas avec elle et n'aurait été en rien salutaire. Mais mon argumentation n'entamait pas sa détermination. Elle était singulièrement décidée. Une sorte de paranoïa l'habitait et la conduisait tout droit à une impasse. Je devenais fou. À poursuivre ainsi, j'allais vraiment devenir fou. Je me suis levé tout d'un coup pour endiguer la crise. Le serveur s'approchait de notre table la cafetière à la main. Il nous regardait, dubitatif, elle et moi.

La sono déversait une autre rengaine. Pas harmonieuse pour deux sous, elle faisait penser au maquillage grossier des prostituées. Ce n'est qu'à ce moment que je me suis rendu compte que Sunmi pleurait. Ça m'a fichu un coup, je me suis laissé retomber dans mon fauteuil, comme un arbre qui s'abat. Elle était sans doute en proie à un vif sentiment de culpabilité. D'une certaine façon, je la comprenais, mais seulement à demi.

« Après notre séparation, ma vie a été un désastre. » Elle s'est mise à parler après un temps. « Cela ne veut pas dire que c'est à cause de lui. Ce qui pouvait m'arriver désormais n'avait plus guère d'importance. »

Je ne lui ai pas raconté mon guet devant chez elle, ni que je l'avais vue en compagnie, et que, chose incroyable, celle-ci n'était autre que son beau-frère. Je n'ai rien trahi de tout cela. En revanche, je lui ai demandé si la personne qui lui avait fourni des informations fausses au sujet de Uhyon n'était pas ce même beau-frère. En l'interrogeant sur ce point, j'avais le sentiment de m'élever au rang d'un détective expérimenté. Elle a manifesté de l'embarras, exprimé des doutes. J'ai bien senti que le fait de lui poser une pareille question risquait d'aviver son sentiment de culpabilité. La découverte de leur liaison avait beau m'avoir bouleversé, mon objectif n'était pas de la torturer avec ça, surtout pas de lui en faire le reproche. Je voulais juste qu'elle comprenne ma perplexité.

« J'ai vu mon beau-frère », a-t-elle dit. À quelle époque se référait-elle ? À dix ans en arrière, peut-être. « Quand donc ? » ai-je demandé. Elle allait finir par s'imaginer que j'étais en train de conduire une enquête. Heureusement, l'idée n'a pas eu l'air de l'effleurer. « Juste après que vous êtes venu me voir à la bibliothèque. Je lui ai demandé ce qui s'était passé. » Ainsi me dévoilait-elle de manière indirecte l'identité du donneur de fausses informations dont l'unique ambition était qu'elle renonce à mon frère. Cette personne n'était autre que son beau-frère. Elle continua ses révélations : « Je lui ai demandé : Qu'est-ce qui s'est passé ? Pourquoi ? Pourquoi m'avoir menti ? Au début, il a nié, puis, quand je lui ai dit que vous étiez venu et que je savais tout, alors, il a avoué... Il s'était senti obligé de me mentir, pour moi, pour mon bien, c'était un pieux mensonge. J'aurais été malheureuse avec un infirme, il voulait empêcher nos retrouvailles... »

« Que de prévenances de la part d'un beau-frère ! » me suis-je exclamé, goguenard. Elle ne pouvait pas ne pas saisir la raillerie. J'avais envie de lui rappeler que celui qui avait gâché sa vie présente, ce n'était pas mon frère. Elle semblait d'ailleurs avoir compris. J'étais tenté de lui révéler mon observation de l'autre soir depuis la terrasse du centre commercial, mais je me suis abstenu. Bien qu'elle campât toujours sur ses positions, je sentais qu'elle aurait voulu être au fait de ce que je savais. Elle a bu une première gorgée de son café, puis a repris : « Le plus curieux, c'est qu'il m'a dit avoir rencontré votre mère. — Ma mère ? Pourquoi est-il allé voir ma mère ? Qu'est-ce qu'il voulait donc, à ma mère ? — Ce qu'elle a pu me dire, c'est lui, en fait, qui l'a imaginé. C'est lui qui l'a forcée à me raconter cette histoire. Il l'a menacée en lui disant que si elle s'abstenait, elle prenait des risques. C'est pour ça que ses propos correspondaient si exactement à ses dires. » Sunmi suffoquait, sa respiration était devenue haletante.

Elle parlait de son beau-frère comme elle l'aurait fait d'un ami ou d'un amant. Signe qu'elle trahissait ses vrais sentiments. Il n'était pas, pour elle, qu'un beau-frère. Je ne pouvais pas l'interroger directement là-dessus. La seule question que je me suis permise, était : « Pourquoi cela ? » La réponse fut immédiate : « C'est quelqu'un de très ambitieux, il faut qu'il obtienne tout ce qu'il veut. » Pour moi qui soupçonnais son beau-frère, cette réponse m'avait à demi éclairé. L'homme était sans aucun doute un type exécrable. Non pas parce qu'il m'avait humilié et s'était montré violent. Ça, je pouvais le supporter, et même l'oublier. Dans sa façon de le présenter, elle laissait entendre que c'était quelqu'un de mauvais. Je ne suis pas si bête : il n'était pas sorcier d'imaginer tout le mal qu'il avait pu lui faire.

La chanson *Mon photographe* a malencontreusement redémarré. Le serveur était certes complaisant, mais totalement dépourvu de tact. J'ai vu les cils de Sunmi frémir. Elle s'était tue. Les rayons du soleil passaient à travers les mailles ajourées du rideau. La poussière voltigeait comme des éphémères dans la lumière. La mélodie, lente et mélancolique, s'immisçait doucement à travers cette danse immatérielle. Sunmi garda le silence jusqu'à la fin de la chanson. Je craignais que le serveur remette une fois de plus le même morceau. Par chance, cinq jeunes filles sont entrées en grand vacarme. La situation nouvelle détourna l'attention du barbu, nous délivrant de sa maladroite sollicitude.

J'ai bu mon café refroidi. « C'est donc pour ça, lui ai-je demandé, que vous parliez de vous prostituer ? » Il fallait l'arracher à sa rumination silencieuse. Je conversais d'un ton léger, comme si tout cela, au fond, n'était pas très sérieux. Elle n'a pas répondu. Son tourment se lisait sur ses traits tendus. Mais moi, je ne devais pas fléchir. Sur un ton qui n'admettait pas de réplique, je lui signifiai que, si c'était pour cela, il n'était pas question que je la conduise au motel. Mon frère n'était pas dans un état normal, l'emmener au motel une fois par mois permettait de prévenir ses crises, c'était, du moins l'espérait-on, une forme de traitement. Mais ni lui ni moi n'étions bien convaincus de son efficacité. J'avais révélé ces choses à Sunmi en raison de mon désarroi vis-à-vis de mon frère. Pour obtenir son aide, il fallait bien qu'elle connût la vérité. Rien, dans tout cela, de bien glorieux. Non, Sunmi ne devait pas s'avilir, s'humilier, ce n'aurait pas été bien, je le lui ai dit et redit. En s'abaissant, elle ne rendrait pas service à mon frère. Ce n'était pas cela qu'il attendait. Je l'ai suppliée de n'en plus parler.

Elle m'écoutait sans répondre. Puis, cachant son visage dans ses mains, elle s'est effondrée sur la table.

« Qu'est-ce que je dois faire, alors ? Qu'est-ce que je peux faire ? »

J'ai été tenté de lui passer un bras autour des épaules. Mais mes mains sont restées immobiles sous la table. Mes paumes étaient moites. Je les ai essuyées contre mon pantalon. Ce que je craignais est arrivé, la chanson est repartie : *Je t'ai donné mon cœur...*

CHAPITRE 27

Je ne sais pas si j'ai bien fait. Je ne pense pas avoir à en rougir, même si je ne peux jurer que ce soit une bonne chose. Tout ce que je puis dire pour l'instant, c'est que je voulais respecter la vérité du moment. Je me souviens d'avoir lu (où exactement ?) que ce qui décide si un acte est fondé ou non en bien, c'est la situation, la part de vérité que détient cette situation. Dans ce même livre, il est écrit que si le motif est dicté par l'amour, alors l'acte peut être considéré comme bon. J'en avais déduit que si l'acte n'est pas motivé par l'amour, il est mauvais. Dès lors qu'un acte considéré comme mauvais est motivé par l'amour, il devient bon, n'est-ce pas ? J'avais accepté la sentence de cet auteur comme un absolu. J'avais même considéré qu'elle avait été édictée pour moi. Tout est pardonné de ce qui est inspiré par l'amour. Les accidents de la vie ne peuvent être jugés qu'à l'aune d'un seul critère, l'amour.

Si je n'ai pas pu partir aussitôt, c'est à cause des lamentations de Sunmi affalée sur la table. Comment devais-je me comporter ? J'ignore à quel moment précis j'ai décidé de la protéger. Je ne sais comment m'est venue la conscience d'être le seul qui puisse la protéger, Ces décisions ont dû s'imposer à moi dans le café alors qu'elle sanglotait. C'est sans doute en essuyant mes paumes contre mon pantalon que j'ai compris qu'il fallait la prendre sous ma protection. Et puisque c'est à moi qu'était échu ce droit, ou plutôt ce devoir, je me sentais tout à fait capable de tenir un tel rôle. C'est en tout cas ce que je me suis dit en marchant dans la rue sous un soleil dont les rayons s'accrochaient à la peau comme des toiles d'araignée. Pour ce qui était de la protéger, je me sentais capable de me dévouer à cette cause jusqu'à mon dernier souffle. C'est triste à dire, jamais Sunmi n'avait été si proche de moi que lorsqu'elle pleurait, affalée sur la table.

Cela ne signifie pas que j'avais, dès cet instant, décidé d'accomplir quoi que ce soit de concret pour elle. Elle s'en est retournée à sa bibliothèque, moi j'ai marché jusqu'à la gare routière afin de prendre un autobus pour Séoul. « Qu'est-ce que je dois faire ? » Sa voix retentissait avec insistance dans ma tête. En chemin, je me suis arrêté à plusieurs reprises pour me retourner. J'entrevoyais l'abîme de souffrance au fond duquel Sunmi se débattait. J'aurais tellement aimé pouvoir la tirer de là. Mais comment ? L'abîme était devant mes yeux. L'abîme, c'était son beau-frère. C'est à cause de lui qu'elle devait de se considérer comme une prostituée. C'est lui qui l'avait prostituée. Ce type, je le haïssais.

Sunmi n'était pas seule à connaître le malheur par sa faute. Je me suis rappelé le visage de mon frère. Je me suis souvenu de ma mère, blessée à jamais par la tragédie qui avait frappé cet aîné dont elle était si fière, je me suis rappelé aussi ma honte. Mon cœur, mon sang, mes os, ma chair, tout en moi clamait ma haine. J'ai lancé des coups de pied aux arbres au bord de la route. J'aurais voulu le prendre à témoin tout de suite, ce type, de la haine qu'il m'inspirait. Mon amour pour Sunmi et ma haine pour lui, au fond, c'était la même chose. En le haïssant, je voulais m'assurer de mon amour pour Sunmi. Je me disais, me répétais comme une incantation, que la haine-amour, la haine source d'amour était quelque chose de beau, de pur, de sacré. Je savais quel chemin tortueux et étroit j'avais choisi en voulant prouver mon amour par le biais de la haine que ce type m'inspirait. Mais c'était la seule voie possible, il n'y avait pas d'autre choix.

Il me fallait d'abord le localiser. Retrouver des gens, c'était mon métier, c'est une chose que je sais faire. Je me souvenais du numéro d'immatriculation de sa voiture. Quand on tient ça, le reste n'est pas difficile à obtenir. Je me suis renseigné auprès de la société où j'avais travaillé comme détective après avoir quitté la maison. C'est grâce à cette boîte que j'avais pu survivre tant bien que mal. J'ai sans peine obtenu le nom de mon homme, son âge, son adresse et son téléphone. Je n'ai pas hésité une seconde, j'ai appelé.

Une femme m'a répondu. D'après le timbre de la voix, si semblable à celle de Sunmi, il devait s'agir de sa sœur aînée. Ce n'était, bien sûr, qu'une hypothèse. J'ai dit que je souhaitais parler à Jang Yongdal. C'est le nom du type. Elle m'a demandé de la part de qui. J'ai prétendu que j'étais le manager Jong. S'annoncer avec un titre passe-partout, c'est une technique apprise dans cette boîte. J'avais même une réponse toute prête au cas où on me sommerait d'indiquer lequel des managers Jong. En général, lorsqu'il s'agissait du travail de leur mari, les femmes au foyer s'en tenaient à cette première question sans rien soupçonner d'anormal. Il faut bien admettre que, dans ce pays, les femmes n'ont aucun droit de regard sur les affaires de leur mari en dehors du foyer.

Mais mon interlocutrice, elle, ne semblait pas se désintéresser totalement des activités de son mari. « Puis-je savoir de quoi il s'agit ? » m'a-t-elle demandé en restant sur son quant-à-soi. « Bon, c'est que j'ai des choses à lui dire, mais je n'ai sur moi que son numéro privé, je suis à l'extérieur. » Je mentais de sang froid. « Appelez-le donc au bureau », a-t-elle brusquement répondu. J'ai entendu le bruit du combiné qu'on raccroche. Je m'étais apprêté à objecter que si j'appelais chez lui, c'était justement parce que je n'avais pas le numéro de son bureau.

Tout en toisant l'appareil, je me demandais ce qu'elle savait des relations entre son mari et sa sœur. Les quelques mots échangés avec elle ne m'instruisaient en rien. J'aurais bien aimé avoir son point de vue sur la relation extra-conjugale de son mari. Mais mon imagination ne devait pas s'emballer : je ne voulais surtout pas que ma belle haine, ma haine pure et sacrée, se dilue dans une curiosité vulgaire. Ce dont j'avais besoin, c'était avant tout de maintenir ma haine à son degré suprême d'intangibilité.

En appelant Sunmi, j'aurais pu apprendre où ce type travaillait, mais je me suis abstenu.

Le soir, je suis retourné dans le quartier de Sunmi. La haine m'y poussait. J'étais à son service. Tout disposé, d'ailleurs, à me laisser guider par elle. Elle était non seulement belle, pure et sacrée, mais sage aussi. Je me souviens d'avoir lu quelque part dans la Bible de ma mère qu'il faut être pur comme une colombe et sage comme un serpent. À l'époque, je n'avais pas bien compris comment ces deux images si contradictoires pouvaient cohabiter. Ce qui me gênait, ce n'était pas, bien entendu, l'association de la pureté et de la sagesse, mais leur référence respective à la colombe et au serpent. Impossible d'avaler pareille antinomie. Et puis, tout d'un coup, voilà que cette incompatibilité trouve tout son sens, voilà qu'elle devient limpide. Elle était faite pour expliquer la haine qui m'habitait. Ce passage de la Bible m'est apparu d'une singulière opportunité, et même allant de soi. Pureté et sagesse, comme la colombe et le serpent.

Je suis retourné sur le toit du centre commercial. Pour légitimer mon acte, j'admis qu'il n'y avait que ce moyen pour protéger Sunmi, mais j'en avais le cœur tout froissé, pareil à une chemise de coton pas repassée. C'est qu'une telle justification était mal adaptée. Je me suis accoudé au parapet muni de plusieurs canettes de bière. Il était tard quand ses fenêtres s'éclairèrent. J'avais eu le temps de vider deux canettes. Qu'elle rentre si tard ne m'affectait pas vraiment, mais j'eus très mal en découvrant la tête du type qui l'accompagnait. Je me sentis trahi. Furieux, je me démenai en va-et-vient sur la terrasse. Ah ! il n'y avait pas de quoi faire le fier ! Je restais là, sur ce toit, à épier ses fenêtres. Pareil à un fauve en cage. J'en étais réduit à grogner, à ne plus émettre que des sons dépourvus de toute signification.

L'homme a mis la télévision en marche et s'est aussitôt installé sur le divan. Il y avait un spot publicitaire, justement pour la marque de la bière que j'étais en train de boire. Une autre pub a suivi, sur une société d'investissements cette fois, mais il a changé de chaîne. Des joueurs de base-ball sont apparus, puis des footballeurs. Il avait trouvé ce qu'il cherchait et reposa la télécommande sur la table.

Elle, elle allait et venait sans arrêt. Entrée dans une chambre (sans doute la chambre principale), elle en ressortit après s'être changée, puis elle disparut derrière une autre porte (celle de la salle de bains) pour réapparaître une serviette à la main, les cheveux enroulés dans une autre, puis ensuite gagner la cuisine, puis le balcon puis de nouveau la cuisine, puis la chambre et encore la cuisine. Quant à moi, sur ma terrasse au milieu des immeubles, tantôt collé contre le parapet, tantôt m'en écartant, je ne quittais pas des yeux l'espace confiné où ils se tenaient tous deux. Si je me déplaçais un tant soit peu, je perdais le point de vue sur l'intérieur de l'appartement. J'étais profondément déçu par elle et furieux contre lui. J'aurais volontiers détruit l'image que j'avais sous les yeux. Mais par quelle magie ? Ma déception et ma fureur n'étaient que des émotions personnelles et dérisoires incapables de les atteindre.

Une scène ahurissante s'est soudain déroulée sous mes yeux. Je m'attendais à ce que le rideau se ferme sur leurs corps enlacés. À ce qu'ils éteignent la lampe. Je m'y attendais d'un instant à l'autre. Mais je me trompais totalement. Et pas seulement pour la lumière. À l'opposite de toutes mes prévisions, ils se tenaient debout, à échanger des propos manifestement vifs.

Quelques instants plus tard, l'homme a brutalement frappé la jeune femme sur la nuque. Elle est tombée en portant la main à sa tête. Il l'a rouée de coups de pied. Je n'entendais rien, mais il hurlait. Mon sang n'a fait qu'un tour : il ne pouvait pas la traiter ainsi. Personne n'avait le droit de porter la main sur elle. Lui moins que quiconque. Je ne pouvais pas la laisser seule face à la violence de ce type. Je serrais les dents. Je ne supportais pas qu'on la batte sous mes yeux. L'homme lui soulevait la tête d'une main et, de l'autre, il la frappait au visage, aux épaules, à la poitrine. Elle ne résistait pas. Elle pleurait, affalée sur le plancher. Ses pleurs, je ne les percevais pas, mais elle sanglotait. Je ne les entendais pas tout en les entendant pourtant. C'était un signal, un appel qui m'était adressé. Je ressentais honte et douleur. Honte comme si j'étais dans sa tête à elle, douleur comme si j'étais dans son corps. Cet appel de détresse, je ne pouvais pas ne pas le percevoir.

J'ai sorti mon téléphone portable, j'ai composé le numéro. Le téléphone devait sonner, mais je n'ai constaté aucun changement. Comme si l'homme était un acteur qui, sur scène, devait jouer la violence, une violence extrême, tandis qu'elle jouerait le rôle d'une femme battue n'opposant aucune résistance. Je me suis écrié : « Allez, réponds, mais réponds donc ! » Ni l'un ni l'autre ne prêtait attention à la sonnerie qui retentissait depuis déjà un moment. Ils étaient complètement absorbés par leur rôle.

Moi, alors, j'ai jeté la canette de bière à demi pleine et j'ai dévalé l'escalier. Je n'avais aucun plan précis en tête. Tout ce que je savais, c'est qu'il fallait la sauver.

En un rien de temps, je me suis trouvé devant la porte, et j'ai sonné. J'ai appuyé plusieurs fois sur le bouton. J'ai cogné des poings contre la porte, j'ai hurlé : « Y a quelqu'un ? — Qui est-ce ? » a bientôt répondu une voix hystérique. Rien d'étonnant chez une personne qui se demandait qui pouvait bien débarquer à cette heure avancée et surtout en un moment aussi crucial. Difficile d'imaginer que la porte s'ouvre assez vite. J'ai prétexté (cela m'est venu spontanément) que j'étais le gardien de l'immeuble ; qu'en bas (j'ai accéléré le débit de mes paroles), il y avait le feu et qu'il s'agissait de déguerpir. « Un incendie ? Où ça ? » a dit l'homme de l'autre côté. Avec déjà beaucoup moins de fureur dans la voix. J'avais envie de fiche pour de bon le feu pour sortir de cette situation. « Allez vite, vite ! » m'écriai-je, en songeant que, moi aussi, je jouais bien mon rôle. Mon assurance retrouvée, la fierté de participer à la distribution, me laissaient espérer qu'il allait ouvrir. J'avivais ma haine en toisant la porte grise, aussi réfractaire qu'antipathique. La haine, source de l'amour, la haine, envers de l'amour. Je pensais à ma haine, belle, pure, sacrée. Pour protéger Sunmi, j'étais prêt à tout. Tout et n'importe quoi. Ma haine était au bord d'exploser.

Juste avant qu'elle éclate, ma haine, la porte s'est ouverte. Elle s'est ouverte à moitié, le type a passé le nez, sur le point d'apprendre comment elle faisait, ma haine, quand elle explosait. Et par quel moyen. Le moyen de mes muscles, ceux de mes bras, ceux de mes jambes. Alimentés par ma haine, mes muscles étaient devenus durs comme de l'acier. Je me suis même dit que si des muscles aussi durs que ceux que j'avais dans mes bras et mes jambes allaient à la rencontre de sa gueule, de sa poitrine, de son ventre, la vie du type était en danger. En lui lançant mes poings à la tête, à la poitrine et au ventre, je me disais qu'il risquait bien de crever, et je m'en foutais.

CHAPITRE 28

Sunmi pleurait. Pleurer, c'est tout ce dont son cœur blessé était capable.

Je l'ai aidée à descendre, je l'ai installée dans ma voiture. Avant de démarrer, j'ai crevé les quatre pneus de celle de son beau-frère. Et comme c'était trop peu pour me calmer, avec un pieu de fer arraché au grillage d'une plate-bande, j'ai cogné tout mon saoul sur les vitres qui ont volé en éclats. Sunmi pleurait. Telle une enfant sans autre moyen d'expression. Comme le gardien déboulait en hurlant, j'ai démarré en trombe, écrasant l'accélérateur. En un clin d'œil, nous étions hors du complexe immobilier.

Il faisait noir. Loin des bâtiments, il n'y avait plus de réverbères. Je fonçais sans savoir quelle direction prendre. Il fallait bien aller quelque part. N'importe où, hormis chez elle. Elle pleurait. Elle tremblait aussi très fort. Je n'aimais pas la voir trembler. Pleurer, passe encore, mais trembler, non. J'ai crié : « Ne tremblez pas ! » Du coup, j'ai compris pourquoi je n'aimais pas la voir trembler. C'est parce que je tremblais aussi, malgré moi. Peut-être la peur était-elle le moteur de ma course frénétique. Déchirant l'obscurité, ma voiture filait comme un avion de chasse. Un avion lancé pour aller larguer sa bombe. Et allez savoir si mon corps n'était pas l'enveloppe même de la bombe. Je n'avais nulle idée du lieu où je devais larguer la bombe que j'abritais. Je ne savais pas où aller exploser avec elle.

Sunmi continuait de trembler. Et de pleurer. L'accélérateur au plancher, j'ai crié : « Alors, qu'est-ce que vous voulez ? Vous ne savez donc pas que votre beau-frère est une fripouille ? Vous ne vous êtes pas rendu compte qu'il est en train de vous salir, de salir votre corps et votre esprit, de détruire votre âme ? Vous êtes aveugle à ce point ? Vous êtes devenue idiote ? Pourquoi ? Pourquoi donc ? Et pourquoi avec lui, en plus ? Je ne comprends pas. Pourquoi vous n'essayez pas de vous défendre, pourquoi vous laissez-vous faire ? Vous ne voyez pas que votre beau-frère est un démon, qu'il est le mal incarné ? »

Elle ne cessait de pleurer. Elle pleurait comme s'il n'existait plus pour elle aucun autre moyen d'expression. Je commençais à me laisser apitoyer, touché par le déferlement de ses larmes. Parvenu, non sans mal, à me maîtriser, j'ai murmuré d'une voix radoucie : « Ne vous en faites pas, maintenant, je vous protégerai. Je ne peux pas supporter de vous voir souffrir. Je ne pardonnerai jamais à ceux qui vous font du mal. Ne vous faites pas de souci. Je serai toujours à vos côtés... » Je lui parlais du ton pathétique qu'on adopte quand on prend une ferme résolution. Ses pleurs n'ont pas cessé pour autant. J'ai même eu l'impression, au contraire, qu'elle sanglotait de plus belle. À ce moment, des larmes me sont montées aux yeux. Était-ce parce que j'étais ému par ce que je venais de dire ? J'ai failli le penser. Mais ce n'était pas cela. C'était bien plutôt parce que j'avais du mal à croire à mes propres paroles. Je prenais conscience de l'abîme qui sépare une résolution de ses possibilités de réalisation. Affecté par ses larmes, il fallait bien que je lui dise quelque chose. C'est en proie à des mouvements véhéments que j'avais traité son beau-frère de démon ; quand je lui ai juré une protection éternelle, c'est le cœur soudain immergé dans l'abîme.

Quelle direction emprunter ? Les routes se rejoignent et finissent par former un itinéraire. Mais je ne savais pas où aller. Lancée comme un boulet, ma voiture a parcouru une multitude de voies, puis elle s'est engagée sur l'autoroute. Là aussi elle a poursuivi sa course folle. Les autres voitures cédaient le passage. Certaines freinaient en faisant couiner leurs pneus, d'autres klaxonnaient. Mais moi, je n'entendais rien de tout cela. D'autres ont peut-être appelé les urgences au 119 ou la police de l'autoroute au 112 pour signaler qu'une voiture folle, tous freins rompus, fonçait à tombeau ouvert. Contrairement à mes conjectures, aucune voiture de police ne se lança à nos trousses ; personne n'avait donné l'alerte. C'était sans grande importance, de toute façon.

L'important était ailleurs. Ma voiture a roulé ainsi jusqu'au point du jour sans le moindre accident. Grâce aux autres conducteurs qui se sont écartés. Nous avons quitté l'autoroute et, au bout d'un moment, Sunmi, épuisée, s'est endormie, enfoncée dans son siège. On voyait sur ses joues les traces de ses larmes séchées. Lorsque le ciel s'est teinté de pourpre à l'est, ma voiture s'est arrêtée au bord d'une route déserte, faute d'essence. Après s'être ruée avec fureur, elle s'est gentiment assoupie.

Je me sentais vide comme une baudruche dégonflée. La nuque renversée sur l'appui-tête, j'ai fermé les yeux. Tous ces événements m'ont paru appartenir à un passé très lointain. Comme dans un rêve ancien. Cela ne remontait pas aux heures précédentes, mais à plusieurs années, ou peut-être même à une vie antérieure.

En me redressant, paupières battantes, j'ai été surpris de voir Sunmi si paisiblement endormie. J'avais, à côté de moi, le visage de celle que j'aimais. Qu'elle soit là, à dormir en totale confiance, était difficile à croire. J'avais du mal à réaliser qu'il m'était donné de la contempler, ainsi apaisée, endormie tout près de moi. N'étais-je pas en plein rêve ? J'avais envie de toucher ses joues où couraient en longs sillons les traces de ses larmes. J'aurais aimé les effacer. Mais je n'osais pas de peur de la réveiller. J'ai écarté cette main près d'effleurer sa joue. Puis j'ai posé mon front doucement contre le sien et j'ai fermé les yeux. Je percevais sa faible respiration. Je baignais dans le bonheur. Le monde pouvait bien finir, ça m'était égal. Je ne voulais plus penser à rien.

CHAPITRE 29

« J'ai fait un rêve », a dit Sunmi.

Moi, j'avais espéré pouvoir rester ainsi, ma tête contre la sienne, jusqu'à la fin du monde. Je m'étais mis à croire que c'était possible. Puis je m'étais endormi. Mais je ne dormais pas d'un sommeil profond et me redressais à chacun de ses mouvements.

En sentant le rythme régulier bien qu'à peine perceptible de sa respiration, je m'étais laissé aller à de chimériques espoirs. Cet amour partagé entre elle et moi, que j'avais toujours cru impossible, semblait se réaliser. J'avais beau me convaincre qu'il ne s'agissait que d'un mirage, j'étais heureux. Mon cœur faisait un vacarme de tous les diables. Ainsi pouvais-je, dans les moments où nos corps étaient en contact, imaginer qu'elle était mienne. Mais, si je me réveillais en sursaut chaque fois qu'elle bougeait ne fût-ce qu'à peine, cela voulait bien dire que, malgré l'euphorie dans laquelle baignait mon cœur, je n'étais pas parvenu à chasser les doutes. Elle a fini par se redresser sur son siège. Elle regardait droit devant elle.

Sinueuse, inondée de soleil, la route s'enfonçait dans le lointain. Sunmi considérait la plage de lumière neuve qui s'offrait à ses yeux. Les rayons du soleil ne parvenaient pas encore au pied de la montagne. L'endroit, dégagé, donnait une impression de liberté. Le pare-brise était couvert d'insectes écrasés. Parmi eux, des éphémères. Pauvres êtres anéantis dont il ne restait que ces vagues traces. J'ai pensé au gabarit des éphémères, à l'air déplacé par la voiture. À partir de quelle vitesse s'écrasent-ils contre les pare-brises ? Ce n'était pas pour les tuer que je roulais si vite. Mais il m'aurait été impossible de justifier cette course folle. Le soleil se fragmentait en ciselures d'argent sur les ailes aux nervures de feuilles sèches collées sur le pare-brise. De temps à autre, une voiture passait.

« Un rêve bizarre », a continué Sunmi d'une voix songeuse. Elle avait beau être réveillée, elle était encore dans son rêve. Le soleil l'éclairait maintenant de profil. J'étais frappé par la limpidité de ses traits ; elle ne donnait nullement l'impression de s'être éveillée à l'instant. La peau de son visage luisait dans le contre-jour. J'ai réfréné de mon mieux l'envie que j'avais de poser mes lèvres sur sa joue pour l'écouter. « C'est un rêve bien étrange », a-t-elle répété avec l'air d'être encore sous son emprise. « Croyez-vous que c'était moi ? Dans les rêves, l'histoire se passe parfois à la première personne, parfois à la troisième. Cette fille, était-ce bien moi ? » Elle s'efforçait de remonter calmement le cours de son rêve. Moi, j'étais fasciné par la pureté de son profil qui se découpait dans la lumière. J'ignorais de quel genre de rêve elle sortait, mais peut-être étais-je en train d'en vivre un moi-même.

« Il y avait deux personnes qui s'aimaient beaucoup, a-t-elle continué. L'homme était clairon. C'est lui qui sonnait le début de la journée, la fin du travail, le coucher. Le château vivait au rythme de ses sonneries. Il jouait aussi de son instrument lors des fêtes. Ce musicien aimait la fille d'un noble. Celle-ci, belle et adorable, lui rendait son amour. Ils étaient heureux. Après avoir sonné le couvre-feu, quand tout le monde au château s'endormait, il allait la rejoindre. Chaque soir, à la clarté des étoiles, ils se juraient un amour éternel. Comme ils adressaient leur prière à chaque étoile et que les étoiles au ciel sont innombrables, leurs serments n'en finissaient pas. Un jour, un nuage noir est venu menacer leur bonheur. Le seigneur du château en personne s'était épris de la fille de son vassal. Il lui fait la cour. Elle le repousse. « Non, monsieur, mon cœur est déjà pris. » Le châtelain ne fléchit pas. Elle s'obstine à refuser. « Non, j'en aime un autre que vous. » Le châtelain prend à part le père de la jeune fille. Qu'il la fasse donc changer d'avis. Le père vient raisonner sa fille. Pourquoi ne pas accepter l'amour du seigneur? Si elle accepte, elle aura le monde entier à ses pieds. « Non, père, dit-elle en hochant la tête, j'en aime un autre. » Le père renonce à la convaincre. Mais pas le châtelain... »

Un camion lourdement chargé est passé à grande vitesse en klaxonnant. Il fonçait tellement que la voiture en a été toute secouée comme par manière d'avertissement car elle était immobilisée sur la chaussée. Il m'était impossible de la déplacer sur l'accotement. J'ai mis les feux de détresse en marche. Elle s'était arrêtée à l'aube. Il n'y avait plus une goutte d'essence dans le réservoir. Je n'avais pas prêté attention au témoin lumineux qui était passé au rouge sur le tableau de bord. Où nous trouvions-nous donc?

« C'est comme dans les contes de fées », lui ai-je dit sans la moindre nuance d'ironie. Oui, pensais-je, un rêve qui ressemble à un conte de fées. Un rêve un peu bizarre, mais pas négatif. « Un conte de fées ? » a-t-elle repris, une moue triste aux lèvres. « Vous ne trouvez pas ? » lui ai-je dit avec un sourire exagérément radieux. Elle n'a répondu ni oui ni non. Elle a poussé un grand soupir tout en ouvrant un peu la vitre.

« Où est-on ? » a-t-elle demandé. Elle avait besoin d'air. J'ai répondu que je ne savais pas au juste. Elle m'a regardé. « Il n'y a plus d'essence. On a dû rouler toute la nuit. » Je souriais bêtement, laissant paraître mon embarras. Elle, elle ne souriait pas.

Je lui ai rappelé le point de son récit où elle s'était interrompue (le père se résignait mais pas le seigneur), non parce que j'étais soucieux d'en connaître la suite, mais parce que, sans cela, je n'aurais pas su ce qu'il conviendrait de faire. D'une certaine façon, mieux aurait valu qu'elle ne se réveille pas. Mais je ne pouvais tout de même pas lui demander de se rendormir. « Vous voulez connaître la suite ? » a-t-elle dit. J'ai acquiescé. Elle a enchaîné : « Le seigneur était homme à ne jamais renoncer à satisfaire le moindre de ses désirs, à obtenir tout ce qu'il voulait. Pour cela tous les moyens étaient bons. Il était tenace, obstiné, gourmand, ne rentrait jamais de chasse sans gibier. » Au fur et à mesure qu'elle avançait dans son récit, je sentais l'anxiété s'infiltrer dans sa voix.

« Bientôt, le seigneur apprend que celui qu'aime la jeune fille élue n'est autre que le clairon, homme de basse extraction. Blessé dans son amour-propre, il lui arrache sa trompette, lui met une lance dans les mains et l'envoie à la guerre. Le combat est violent et cruel. Le pauvre bougre qui n'a jamais tenu d'arme y laisse la vue et les deux bras. Mais la jeune fille ne l'en aime pas moins. Le musicien, lui, souffre, la supplie de lui retirer son amour. « Que tu m'aimes, moi qui suis invalide, sans yeux ni bras, est pour moi un supplice. Cesse de m'aimer, lui crie-t-il, quitte-moi ! » Mais elle refuse. « Souviens-toi, répond-elle, de tous ces serments que nous avons échangés en regardant les étoiles. Si les étoiles venaient un jour à disparaître, alors mon amour aussi s'éteindrait. Mais tant que les étoiles brilleront dans le ciel, mon amour vivra. Souviens-toi, où que tu ailles, je serai avec toi. » Alors, le pauvre homme, aveugle et sans bras, incapable de jouer de son instrument, implore le dieu de la mer. « Porte-moi loin de mon amour, très loin d'ici, emporte-moi en un lieu où elle ne pourra me rejoindre, transporte-moi en un pays lointain, très loin d'ici. » Et il se jette dans la mer. Sensible à son chagrin, ému par l'amour intègre du jeune homme, le dieu de la mer le métamorphose en une graine en forme de clairon qu'il confie aux flots. Emportée par les vagues, la graine traverse la mer. Sur l'autre rive, elle prend racine. Pousse alors un arbre qui s'élance dans le ciel. Comme s'il voulait atteindre les étoiles, témoins de ses serments. La nuit, l'arbre sonne du clairon. Portés par les vagues, les sons traversent la mer. La jeune fille, qui était restée sans manger ni dormir après la disparition de son amant, épuisée par l'attente, entend les sons familiers et court à la rive. Ruisselante de larmes, elle implore à son tour le dieu de la mer. « Laisse-moi traverser. Mon amour m'appelle sur l'autre rive. Laisse-moi passer. » Mais le dieu de la mer ne l'écoute pas. Non ce n'est pas possible. Il ne peut rompre la promesse qu'il a faite au pauvre musicien de l'éloigner. Bien qu'ému par la douleur de la jeune fille, il ignore sa demande. Celle-ci refuse de quitter le rivage, elle implore toujours et sans cesse en pleurant. Le dieu de la mer ne bronche pas. La jeune fille, affaiblie, épuisée, après avoir versé toutes les larmes de son corps, meurt sur la rive... »

Sunmi avait la sensation d'étouffer, elle a baissé un peu plus la vitre. Le soleil glissait ses phalanges d'or dans l'ouverture. Magnifiées par la lumière, les ailes des éphémères avaient des éclats d'argent. Image qui m'a rappelé la mer et ses vagues dont les crêtes s'effritaient dans la brise du matin. Je me suis dit, tout d'un coup, que nous étions peut-être près du rivage. Le vent, d'ailleurs, ne charriait-il pas une odeur de sel ?

Son rêve n'avait finalement rien d'un conte. Elle avait raison de le trouver bizarre. L'anxiété dont sa voix se teintait m'atteignait en retour, j'étais tendu, les nerfs électrisés. Je voyais bien qu'elle ne savait pas tout, qu'elle s'en rendait compte elle aussi, que son rêve attendait mon interprétation. Je ne pouvais pas m'introduire dans l'univers de son rêve, mais, bien que tenu en-dehors, il me revenait de l'interpréter. J'étais là pour ça, rien que pour ça. Ce qui me rendit passablement misérable. Déception qui me collait pis que haillons à la peau. J'avais les joues en feu.

Elle n'était pas encore parvenue au terme de son récit. Après une courte pause, elle a repris.

« Sa mort a fini par émouvoir le dieu de la mer, tout inébranlable qu'il fût. Il s'est mis à regretter d'avoir été si dur avec elle. Il l'a métamorphosée en graine à son tour. Et voici que, un peu plus tard, un arbre pousse à l'endroit même où elle a chu. L'arbre s'élance dans le ciel. Comme pour atteindre la voûte constellée d'étoiles, ces étoiles qui furent témoins de leurs serments d'amour. Deux arbres immenses se dressent sur les deux rives opposées de la mer comme s'ils s'élançaient l'un vers l'autre. Mais les arbres, ça ne bouge pas, ça ne vole pas non plus, ça reste immobile. Même métamorphosés en arbres, les deux jeunes gens ne pouvaient s'aimer. Mais en réalité, ce n'est pas tout, il s'est encore passé quelque chose. La fin de mon rêve est vraiment étonnante, si étrange. Lorsque la nuit tombe, nuit semblable à toutes celles où, auparavant, ils se retrouvaient, les deux arbres s'élancent et se meuvent à une vitesse insensée. Ils concentrent toute leur énergie dans leurs racines et se précipitent au fond de la mer à une allure folle. Ils se rencontrent au milieu de l'océan. Leurs racines s'enlacent avec la tendresse de ceux qui s'aiment. Caresses ô combien affectueuses, combien ardentes ! Quel drôle de rêve, vous ne trouvez pas ? En plus, tout était parfaitement clair, limpide. Aussi net et précis que si les choses s'étaient passées sous mes yeux. Pendant que je rêvais, j'avais l'impression que quelqu'un touchait mon visage. Cette jeune fille, ne pensez-vous pas que c'était moi ? Pourquoi ai-je fait un songe aussi curieux ? »

Ainsi s'est achevé son récit. La fin du rêve m'a surpris justement parce qu'il n'avait rien d'étrange pour moi. Dans la voiture qui roulait en direction de Séoul, après l'enterrement de ce vieux monsieur, j'étais entièrement accaparé par cette histoire de palmier. J'imaginais des racines allant jusqu'au fond de la mer. La mer qui enserre l'arbre. Non, l'arbre qui enserre la mer. L'arbre finalement plus vaste que l'océan. J'imaginais l'arbre traversant le Pacifique toutes les nuits pour atteindre la jungle du Brésil ou de l'Indonésie. Après tout, qui sait si l'arbre ne traversait pas le Pacifique une ou deux fois dans la nuit en filant sous l'eau ? Je me disais même que la croyance en l'immobilité des arbres n'était qu'un préjugé désobligeant. Pourquoi un arbre qui avait franchi le Pacifique dans un sens ne le pourrait-il pas dans l'autre ? Il faut conclure, non que les arbres ne bougent pas, mais qu'ils ne se laissent pas voir quand ils bougent.

En ce temps-là, je m'étais bien représenté l'arbre parcourant l'océan la nuit, mais je n'avais pas compris qu'il le parcourait toutes les nuits, ni pourquoi. La raison de son périple m'échappait, mon imagination était restée à court. Mais je n'irais pas jusqu'à prétendre que Sunmi avait fait ce rêve pour venir au secours d'une imagination défaillante. Pareille déduction eût été tendancieuse.

« Les arbres sont l'incarnation d'amours brisées... » Cette phrase m'est venue toute faite aux lèvres. Comme si elle me tombait du ciel. Tandis que je la tournais en tous sens, mon cœur a tressailli. Car elle appartenait à mon frère. Je l'avais lue à son insu dans un de ses carnets. C'était au tout début d'un cahier de plus de deux cents pages. Je ne me souviens pas textuellement, mais c'était quelque chose comme ceci : « Dans la mythologie antique, les arbres sont des nymphes métamorphosées. Pour échapper au désir des dieux, les nymphes abandonnent leur corps et se transforment en arbres. Les dieux sont puissants. Et cupides comme tous les puissants. Quand ils veulent quelque chose, ils l'obtiennent. Le seul moyen de leur échapper est de se métamorphoser. Les nymphes, pour se protéger, se changent donc en arbre. C'est pourquoi en tout arbre se dissimule une histoire d'amour brisé. » À la suite, il avait énuméré des exemples de métamorphose de fleurs et d'arbres. Tout le dossier était rempli de ces histoires.

Je m'étais demandé pourquoi il écrivait des choses pareilles. Peut-être pour tuer le temps. Mais, il y a quand même mieux à faire que de compiler ce genre d'histoires. Je lui aurais bien posé la question, mais je m'étais dit qu'il était bon, pour sa santé mentale, qu'il occupe son esprit d'une façon ou d'une autre. Je m'étais donc bien gardé de lui reprocher cette nouvelle passion que confirmait l'intérêt, certes quelque peu immodéré, qu'il portait à l'aliboufier et au pin du parc non loin de la maison.

Qu'était-ce donc, ce rêve qui semblait sortir tout droit des notes de mon frère ? Elle m'avait bien dit qu'il était extrêmement concret et précis. C'était plutôt d'un mythe qu'il s'agissait. Je ne pouvais m'empêcher de le déchiffrer dans sa dimension mythique. Mon frère voulait se métamorphoser en arbre. Et son vœu était passé dans le songe de Sunmi. Mais comment était-ce possible ? Comment peut-on faire passer ses désirs dans le rêve de quelqu'un d'autre ? Avait-elle lu les notes d'Uhyon ? Non, impossible. Ce qui voulait dire que mon frère avait en quelque sorte orienté son sommeil. Moi, je ne parvenais pas à entrer dans ses rêves, je ne faisais que tourner autour. Mon frère y avait donc accès, lui ! Il régnait encore sur elle en pénétrant dans ses songes. Je me sentais annulé devant ce phénomène de correspondance qui les unissait. Lui, il mettait en scène les rêves de Sunmi, et moi j'étais là pour les interpréter. Voilà donc ton existence ! me suis-je dit à moi-même, tout à fait écœuré.

Elle a semblé m'entendre. « Qu'est-ce que vous dites ? » s'est-elle en effet récriée. Je l'ai interrogée sans réfléchir : « Était-ce un palmier ? » Elle : « De quoi parlez-vous ? » Décontenancé, j'ai balbutié : « Je voulais dire, dans votre rêve ? » Le soleil entrait tout droit dans ses prunelles. Dans la lumière, son regard était d'une merveilleuse limpidité. Il m'a paru si beau que j'en ai eu, tout d'un coup, les larmes aux yeux. Pour ne pas céder à l'émotion, j'ai plissé les paupières.

« L'arbre, dans votre rêve, c'était un palmier ? » J'avais parlé cette fois en articulant avec soin, comme pour une enquête très sérieuse. « Comment le savez-vous ? » a-t-elle répondu en écarquillant les yeux. J'avais deviné juste, mais l'entendre le confirmer m'a fait un coup. Il n'y avait aucun doute. J'étais donc obligé de jouer jusqu'au bout le rôle qui m'était imparti. Que tout cela soit orchestré par une force magique me contraignait à l'accepter, je n'avais pas le choix. Ce prodige ne venait pas nécessairement de mon frère. Mais je ne pouvais pas l'affirmer non plus. Quoi qu'il en soit, je découvrais que mon rôle, c'était d'emmener Sunmi à la maison de Namchon, sur la falaise au palmier.

J'ai regardé un moment les ailes des éphémères collées sur le pare-brise, puis je suis sorti. J'ai commencé à décoller les insectes avec les doigts. Ils résistaient. J'ai pris un torchon imbibé de détergent dans le coffre pour frotter. « Il faut que je me repère. Trouver aussi de l'essence », ai-je dit à Sunmi en prenant appui sur ma main qui tenait le chiffon. « Vous ne savez pas où on est ? » a-t-elle demandé en sortant à son tour de la voiture. « Pas encore... C'est qu'on a roulé à toute vitesse. » J'ai senti tout d'un coup l'odeur du sel marin apporté par la brise. Au moment où j'allais jeter le chiffon, il y a eu un déclic. J'ai levé les yeux. La route serpentait sous le soleil. Elle allait se perdre, là-bas, dans les pans de la montagne. Ce paysage ne m'est pas inconnu, me disais-je. J'avais cru rouler sans but précis, mais ce n'est pas le hasard qui m'avait amené là. Ma course avait bel et bien une destination. Tout était donc programmé. Derrière cette hauteur, il y avait la mer et, là-bas, sans aucun doute, on apercevrait le palmier. Nous étions arrivés à Namchon.

CHAPITRE 30

J'ai essayé de relancer le moteur, mais il ne voulait rien entendre. Tournant les yeux vers le chemin qui serpentait dans la montagne, j'ai dit à Sunmi qu'il allait falloir marcher un peu. Elle m'a demandé où je voulais aller. « Dans l'univers de votre rêve », lui ai-je répondu avec un sourire attendri. Elle m'a regardé, l'air de se demander si je me moquais. « Non, il ne s'agit pas d'une plaisanterie, absolument pas », ai-je affirmé. Et j'ai pris les devants.

« Vous venez de dire que vous ne savez pas où nous sommes », m'a-t-elle fait remarquer, perplexe. Nous venions de dépasser l'endroit d'où l'on a une vue panoramique sur la mer, nous nous engagions dans le sentier qui s'avance dans la montagne. Elle me lorgnait du coin de l'œil. J'avais envie de rire, mais je résistais, sinon elle se serait inquiétée davantage. « On est presque arrivés, encore ce tournant, là-bas devant nous, et nous y sommes. » La mer était d'argent. Les rayons du soleil se fragmentaient en une myriade d'éclats qui dansaient au gré des vagues. Peut-être vaudrait-il mieux, me disais-je, lui raconter l'histoire du palmier avant d'aborder le dernier tournant du chemin. Mais par où commencer ? Finalement, j'ai pensé qu'aucune explication n'était nécessaire. Pour comprendre, ne suffit-il pas de voir ? En découvrant l'arbre sur la falaise, elle comprendrait, son intuition ferait le reste, nul besoin, donc, de commentaire.

« Comment est-ce possible ? » s'est-elle exclamée. Je ne me suis pas inquiété de ses paroles. C'était inutile. Elle regardait le palmier. L'arbre dressé au sommet de la falaise comme pour soutenir le ciel était sans doute identique à celui rencontré dans son sommeil.

« Est-ce que je dors encore ? » Elle contemplait, incrédule, la scène qui s'offrait. « Peut-être êtes-vous retournée dans votre rêve », lui ai-je répondu. Je savais bien que c'était absurde. « Mon Dieu, est-ce possible ? Comment croire que... » Elle ne pouvait achever ses phrases. « Et si c'était maintenant que le rêve commençait ? Et si ce que vous avez cru voir n'était pas un rêve ? » Je lui parlais avec le sentiment d'un sortilège, comme d'un autre monde. « Tout arbre est l'incarnation d'un amour brisé. » La phrase de mon frère tournait dans ma tête. « Cet arbre, c'est aussi un rêve. Ici, nous sommes en un lieu qui n'existe pas, qui n'est pas de ce monde. C'est le lieu de votre rêve. » J'avais l'impression, non pas simplement de m'en faire l'interprète, en disant ces mots, mais d'être pris à l'intérieur. Mais je m'égarais. J'ai vite ajouté : « Je ne suis pas le personnage principal de ce rêve, je suis, moi, en dehors. » Elle ne m'a pas demandé qui était le personnage principal. Elle ne me regardait même pas. Elle avait donc compris ce qui se passait. J'avais beau savoir qu'on en arriverait à ce point, je me sentais vidé.

Je me suis, alors, souvenu de mon rôle. J'étais parti à

la recherche de Sunmi dans l'intention qu'elle renoue avec mon frère. Elle avait accepté de le revoir en arguant qu'elle ne valait pas mieux qu'une pute, mais c'était un prétexte. Moi-même, j'avais eu besoin de prétextes pour la retrouver. Je me trouvais maintenant entre eux deux. Je me situais entre un frère, qui souhaitait se métamorphoser en arbre, et elle, qui disait vouloir se prostituer. Pour l'un et l'autre, ce qui les avait amenés là, c'était l'amour. Plus précisément, les métamorphoses d'un amour empêché. Leur désir ne pouvait se réaliser dans ce monde réel, ils avaient besoin de rêve, d'un lieu irréel, en tout cas hors de ce monde. Mon rôle à moi était tout tracé. Et j'ai décidé de lui rester fidèle.

« Cet arbre... a échoué ici sous forme de graine il y a trente-cinq ans. Lorsqu'au terme d'un long voyage la graine s'est échouée sur le rivage, ici séjournaient un homme et une femme. Ils vivaient un amour difficile. Afin d'échapper au monde, ils étaient venus s'installer ici. En toute connaissance de cause. Ils voulaient faire de ce lieu un ailleurs. Mais leurs espoirs avaient été brisés. Le monde extérieur s'était manifesté et avait pesé de tout son poids sur leur amour. La graine qu'ils ont plantée a éclos et poussé : c'est l'arbre que vous avez sous les yeux. Vous avez devant vous leur désir et leur rêve projetés dans cet arbre. Vous êtes témoin de leur amour brisé, métamorphosé en arbre. »

Tout en lui racontant cette histoire, je me suis souvenu de ce que je me disais un peu plus tôt, à savoir que Sunmi n'aurait nul besoin d'éclaircissement. Qu'elle appréhenderait toute seule l'histoire de ce palmier, et son mystère. Et surtout, qu'elle percevrait ce qui l'unissait, elle, à cet arbre. Mais, malgré tout, je ne pouvais m'empêcher de discourir. Peut-être davantage pour moi que pour elle. J'avais l'impression de n'être plus moi-même. Le ton, le vocabulaire n'étaient pas les miens. Elle ne quittait pas des yeux la cime de l'arbre. M'écoutait-elle seulement ? Peut-être parlais-je dans le vide...

« Et si je vous disais qu'ils se sont retrouvés sous cet arbre trente-cinq ans plus tard ?... Cela paraît invraisemblable, mais c'est la vérité. L'homme était vieux, sur le point de mourir, la femme, en bonne santé mais plus toute jeune. Le destin ne leur a accordé que de brefs instants. L'homme est décédé peu après leur entrevue comme s'il avait attendu ce moment. J'ai été témoin de leur union sous ce palmier peu avant la mort de l'homme. Ils étaient nus comme Adam et Ève. C'était beau, émouvant. Pourquoi ? je n'ai pas compris sur le coup. Je n'ai compris que tout à l'heure. Si vous ne m'aviez pas raconté votre rêve, je n'aurais jamais compris. C'est parce qu'ils se trouvaient à l'abri du temps. Ce temps qui tentait de s'entremettre, d'exercer ses contraintes. Le palmier est la métamorphose de leur désir et de leur amour. Ils se trouvaient dans un espace sacré, un espace intime soustrait à la réalité. Le temps n'avait plus de prise sur eux. Ils échappaient à la pression du réel, à ses règles, à ses exigences. C'est pourquoi j'étais si ému. »

Je suis allé sous le palmier. Elle m'a rejoint. L'ombre de l'arbre nous enveloppait. Elle couvrait aussi une partie du banc de bois. Ce banc vide sur lequel ils s'étaient si parfaitement unis. J'ai passé mes doigts sur les planches. Du sable fin les recouvrait. Je l'ai balayé de la main. J'ai invité Sunmi à s'asseoir. Elle n'a pas paru entendre. Elle restait là, sous l'arbre, muette. Comme à l'intérieur d'une bulle. Sa présence augmentait l'impression d'irréalité que je ressentais. L'espace même semblait avoir été métamorphosé en rêve par elle.

Et celui-ci se poursuivait, s'élargissait en elle et sous l'arbre. Sa présence seyait divinement à ce lieu enchanté dont elle était devenue l'héroïne.

CHAPITRE 31

Dans le magasin de la coopérative agricole de Namchon, j'ai acheté du riz, du *kimchi*[1], des épinards, du *tofu*[2] ainsi qu'un poisson congelé. J'ai pris aussi du pain de mie en tranches, du lait et du curry instantané. J'ai ajouté deux brosses à dents, un tube de dentifrice, une savonnette, un flacon de shampoing, des serviettes éponge, deux paires de chaussons, une lotion tonique, une boîte de Kleenex, ainsi qu'un flacon de café soluble, du sucre en sachets et de la crème en poudre pour le café, des gobelets en carton et du jus de fruit. La jeune caissière m'a demandé si je me mettais en ménage. Au lieu de répondre, je lui ai demandé s'il y avait une station-service dans les parages. « Il faut aller jusqu'au chef-lieu. Pourquoi cherchez-vous une station-service ? » Je lui ai expliqué que j'étais tombé en panne d'essence au milieu de la route. « Qu'est-ce qu'on pourrait faire ? » s'est-elle inquiétée comme s'il s'agissait de sa propre voiture. « Il y a bien un magasin

1. Condiment fait de chou ou de navet fermenté et assaisonné d'ail, de sel, de piment, qui accompagne habituellement les plats.
2. Fromage de pâte de soja fermenté.

de fioul ici, mais je ne crois pas qu'on y vende de l'essence. Je ne sais pas au juste, allez toujours voir. » Elle m'a indiqué le chemin. Je me suis mis en marche avec mes deux sacs de provisions à la main.

Comme la caissière l'augurait, le magasin de fioul domestique ne vendait pas d'essence. Le patron m'a regardé de la tête aux pieds : « De l'essence, pour quoi faire ? » Je lui ai répondu que j'étais tombé en panne. Il s'est essuyé le front dans sa manche de chemise couverte de taches grasses, et il m'a dit qu'il devait aller au chef-lieu un peu plus tard pour se réapprovisionner. « Si vous n'êtes pas trop pressé, je peux vous rapporter un jerrycan pour vous dépanner. — Bien volontiers », me suis-je hâté de lui répondre.

« Ma voiture se trouve sur la route avant d'aborder la montée, vous pourrez la voir en venant du chef-lieu. » L'homme a dit qu'il déposerait le jerrycan à côté de la voiture. Je lui ai donné de l'argent.

Sunmi m'a donné son accord. J'amènerais mon frère ici. Il prendrait des photos d'elle. Ce n'est pas dans un motel qu'ils devaient se voir. Pour cette rencontre, il n'existait pas de lieu plus approprié, avec sa plage et son palmier. Un endroit hors du temps. Bien entendu, c'est ce que je cogitais. Si Sunmi ne formulait pas d'objection, c'est qu'elle devait être d'accord — du moins en jugeai-je ainsi.

Elle préférait ne pas avoir à m'accompagner à Séoul. Pourquoi pas ? Ma seule inquiétude était de savoir si une femme pouvait passer la nuit, seule, à Namchon. Elle m'a prié de ne pas m'en soucier. Regagner son domicile n'eût pas été une bien meilleure garantie.

J'acquiesçai donc et partis m'approvisionner. Elle n'avait pas envie de manger. J'ai insisté au retour pour qu'elle prenne un peu de pain et de lait. Puis j'ai étalé les courses achetées à son intention.

La maison était d'une propreté parfaite. Quelqu'un, peut-être, était chargé d'en assurer la garde et l'entretien. Pourtant elle était vide. Depuis que celui qui résidait là était mort, il n'y avait plus personne.

« Vraiment, ça va aller ? » me suis-je inquiété au moment de partir. Elle a hoché la tête en me tournant le dos. « Je serai de retour demain, au plus tard après-demain. Ça ne vous fera pas plus de deux nuits à attendre. Ça ira, vous êtes sûre ? » Je lui ai posé la question à plusieurs reprises. Malgré son accord, je m'inquiétais. Pourrait-elle passer la nuit toute seule dans ce coin perdu ? Hier encore, je lui avais juré protection contre tout et n'importe quoi. Serment qui, aujourd'hui, me semblait déjà lointain. La délaisser dès le deuxième jour me torturait.

« C'est surprenant, mais je me sens très bien ici. J'ai même l'impression d'être un peu chez moi... » m'a-t-elle avoué sans un regard. Elle semblait s'excuser de je ne sais quoi... J'hésitais encore à partir. Ce n'était pas dû seulement à l'inquiétude. Une profonde nostalgie s'était emparée de moi. Toute la résolution mise dans cette entreprise m'amenait au moment précis où j'allais la perdre à jamais. Mon trouble était plus profond, plus incisif que je m'y attendais. « Il faut bien manger. Si vous ne voulez pas manger ici, prenez ce chemin en direction de la plage. Au bout de vingt minutes, vous trouverez un restaurant à côté d'une supérette. » Tout en parlant, j'enfilais ma veste et mes chaussures.

C'est alors que Sunmi m'a appelé par mon prénom, Kihyon. C'était la première fois, je crois. J'ai eu l'impression que tout s'éclairait en moi. Je me suis tourné vers elle, lentement. « Merci », ajouta-t-elle. Elle avait prononcé mon nom d'une voix à peine audible, mais son visage parlait pour elle. Sous le masque du regret, le désir me retenait de partir, le désir qui avait hanté mes rêves et que je bridais depuis si longtemps. Il s'était réveillé brusquement. J'ai demandé à Sunmi : « Promettez-moi une faveur... » Ma voix tremblait tant je redoutais d'essuyer un refus. Mais elle a incliné doucement la tête. Elle m'accordait donc, en toute confiance, ce que j'allais demander.

« Savez-vous à quel moment j'ai ressenti, pour la première fois, de la jalousie à l'égard de mon frère ? C'est quand vous avez chanté pour lui. Plus tard, lorsqu'il sortait, je m'enfermais dans sa chambre pour écouter la cassette que vous avez enregistrée à son intention. Une de ces cassettes se trouve encore chez moi. Je l'ai dérobée. La cassette avait pour titre : Chansons de Sunmi pour Uhyon. Je l'ai emportée avec moi quand j'ai quitté la maison. Je l'ai écoutée je ne sais combien de fois. Maintenant elle est usée, inutilisable. Chaque fois que j'écoutais ces chansons, mon cœur vibrait du désir de vous entendre chanter pour moi, rien que pour moi. C'était ma façon d'exprimer à ma douce (excusez-moi, c'est ainsi que je vous appelais), c'était ma façon de vous exprimer mon amour. La réponse à mon amour m'était donnée par vos chansons. Je rêvais de vous entendre chanter pour moi seul, j'ai rêvé de cela dès le premier jour où je vous ai entendue chanter. Pour moi seul. »

J'ai vidé tout ce que j'avais sur le cœur. J'avais les joues en feu. Une sueur froide me glissait sur le front et l'arête du nez. J'ai cru un instant que Sunmi allait éclater en sanglots, et puis elle m'a regardé. Elle a eu l'air gêné, atrocement embarrassé. Un refus de sa part ne m'aurait pas vraiment surpris. Mais, pour je ne sais quelle raison, à cause sans doute de la situation où nous nous trouvions (par mon fait exclusif), j'avais la certitude qu'elle ne me repousserait pas.

Au bout de quelques secondes, d'une petite voix, elle a murmuré : « Mais je n'ai pas de guitare ici. » On aurait dit une enfant. « À quoi bon une guitare ? » ai-je rétorqué avec un sourire timide. Les vagues taquinaient obstinément la côte. Leur mouvement régulier venait à mon secours. Elle pouvait l'utiliser comme accompagnement. Elle s'est tournée vers la mer. Le vent a soulevé ses cheveux, les a lancés vers moi, puis d'un autre côté.

« Qu'est-ce que je chante ? » a-t-elle marmonné. Sans hésiter une seconde, je lui ai dit que j'avais envie d'entendre *Mon photographe.* Elle m'a lancé un regard interrogateur. « Oui, je sais que vous l'avez composée pour mon frère, cette chanson. Votre visage resplendissait de l'amour que vous lui portiez. Bien entendu, je ne vous voyais pas, mais je l'imaginais grâce à votre voix. Je percevais clairement l'émotion avec laquelle vous chantiez et, en vous écoutant, je voyais ce qu'exprimait votre visage. Chaque fois que je vous écoutais, je vous voyais. *Prends mon cœur en photo, mon photographe...* S'il vous plaît, chantez. » Je me suis dit que si elle pensait à mon frère à ce moment, je n'aurais plus rien à espérer.

Fermant les yeux, elle s'est adossée au palmier. L'ombre l'a absorbée tout entière. J'ai clos les paupières moi aussi. Toute mon attention était concentrée sur ce que j'allais entendre. Je n'existais plus que par l'ouïe. Mes autres sens étaient annihilés. Les vagues venaient caresser la falaise sur un rythme régulier. J'attendais. Alors, venu de très loin, du fond de la mer ou de la nuit des temps, un chant très doux, mélancolique, est monté. Les paroles et la mélodie, je les connaissais par cœur. Bien qu'elle chante tout bas, je saisissais parfaitement chaque mot. *J'ai composé cette chanson pour toi. Je t'ai donné mon cœur. De toi je n'ai pas reçu un regard, Alors que je suis là depuis si longtemps. Combien de temps me faudra-t-il encore attendre ? Avant qu'il ne disparaisse sans laisser de trace, Prends mon cœur en photo, mon photographe...* La chanson s'écoulait emportée par les vagues, elle s'en allait au large, ou à destination d'un autre temps. J'assistais à quelque chose qui ressemblait à une cérémonie solennelle. Le ciel, la terre et la mer retenaient leur souffle. Je ne m'étais pas rendu compte que des larmes glissaient sur mes joues, ni qu'elle pleurait elle aussi. J'avais tant désiré que Sunmi chante pour moi. Et voici que mon désir s'accomplissait. Cela expliquait mes larmes. Mais, que signifiaient les siennes ? Pourquoi pleurait-elle ? Peut-être m'aimait-elle un tout petit peu ? Ou m'aimait-elle juste dans cet instant ?

CHAPITRE 32

Alors que j'approchais de Séoul, mon téléphone a sonné. C'était ma mère. « Où es-tu ? » m'a-t-elle demandé d'emblée. Dans sa voix, je percevais de l'inquiétude, une grande agitation. « Que se passe-t-il ? » ai-je répondu. Elle se faisait un mauvais sang terrible et répétait : « Rentre au plus vite, dépêche-toi... — Mais pourquoi donc ? ai-je insisté. — Ton frère... il a disparu. » Comment donc avait-il pu disparaître ? C'était bien la dernière des choses imaginables. Non seulement à cause de son lourd handicap, aussi parce qu'il n'était pas du genre à aller vivre ailleurs. Celui qui, dans la famille, pouvait être enclin à disparaître, c'était moi, pas lui. Longtemps, j'avais vécu loin de la maison. Mais mon frère, lui, n'était jamais parti. Il avait toujours été cette lumière qui illuminait la maison. Mes parents ne se souciaient guère de savoir si moi, le soir, je rentrerais ou non. Dernier exemple en date : j'avais découché pas plus tard que la nuit précédente. Avec Sunmi dans ma voiture, j'avais roulé sans but pour échouer à Namchon. Pourquoi ma mère s'en seraitelle préoccupée ? Elle et mon père s'étaient faits à mes façons. Que moi, je disparaisse, ça n'avait pas d'importance. Mais avec mon frère, ce n'était pas pareil. Il ne pouvait pas disparaître. Moi-même, j'avais le plus grand mal à croire qu'il ne soit plus là. Avec son handicap, où avait-il bien pu se rendre ?

« Mais que voulez-vous dire ? » Ma voix chevrotait d'anxiété. « Je ne comprends pas. Il était là toute la journée. Depuis la tombée de la nuit, on ne l'a pas revu. On le cherche partout, mais, comme tu t'en doutes, il n'y a guère d'endroits où il puisse aller. Je suis très soucieuse. »

Avant de raccrocher, je lui ai annoncé que je ne serai plus long. Il faisait grand nuit. L'horloge du tableau de bord affichait 20 h 45. L'angoisse de ma mère augmentait mon trouble. J'ai accéléré, doublant toutes les voitures devant moi.

Ma mère m'attendait sur le pas de la porte. En m'apercevant, elle a éclaté en sanglots. « C'est de ma faute. Uhyon ne disait rien, je pensais qu'il allait mieux, mais ce n'était pas vrai. Comment faire ? J'ai beau réfléchir, je n'arrive pas à imaginer où il a pu passer. Où est-ce qu'il peut bien être ? Tu as une idée, toi ? » Cette réaction de ma mère m'étonnait tout autant que la disparition de mon frère. Elle toujours si réservée, si glaciale. Son désarroi trahissait assez la violence du choc qu'elle venait de subir. Et à quel point elle se sentait fautive. Mais il y avait des chances pour que cette disparition n'ait rien à voir avec sa culpabilité.

« Ton père est allé au Marché aux lotus. C'est moi qui le lui ai demandé. — Kihyon a-t-il fait des siennes ? » Je voulais savoir s'il avait traversé une nouvelle crise. Ma mère a hoché la tête. « Il paraît, dans la journée... La femme de ménage m'a dit qu'ensuite il n'a pas bougé de sa chambre jusqu'au soir. En tout cas, elle ne l'a pas vu sortir. Elle l'a appelé pour dîner, et comme il ne répondait pas, elle a ouvert la porte de sa chambre : il n'y était plus. Où est-ce qu'il peut bien être ? Pourquoi ton père n'appelle-t-il pas ? » Elle allait et venait sans arrêt, rongée par l'inquiétude.

J'ai dit que ce n'était sûrement pas au Marché aux lotus qu'on le trouverait. Voir une fille après une crise, ça ne tenait pas debout. « C'est vrai, mais où alors ? » L'angoisse dénaturait la voix de ma mère. Elle suggérait même de nous rendre au motel. Pour qu'elle propose cela, il fallait qu'elle soit vraiment déstabilisée. Son tourment, je le comprenais fort bien, mais céder à l'agitation n'était pas la meilleure façon d'agir.

« Peut-être s'ennuyait-il. Peut-être est-il allé en ville, et comme il n'a personne à qui demander quoi que ce soit, il ne tardera pas à rentrer. Rassurez-vous. » Mais, en mon for intérieur, j'étais très anxieux. J'avais le cœur gros en songeant à mon frère au moral dévasté, à ses humiliations au sortir des crises ou au retour du motel. Et puis, ces derniers jours, il ne parlait quasiment plus. Bien difficile de deviner ce qu'il avait dans le crâne. Il y avait de quoi s'alarmer. Allez savoir s'il ne songeait pas à des solutions extrêmes. J'ai demandé à ma mère si elle avait visité sa chambre. Parce que si, comme elle semblait le craindre, mon frère était parti avec l'intention de commettre l'irréparable, il aurait probablement laissé des indices. « Oui, mais je n'ai rien vu de spécial. » J'y suis allé à mon tour.

Des documents posés sur son bureau ont tout de suite capté mon attention. Une enveloppe volumineuse. À l'intérieur, une liasse de papiers. J'ai ouvert l'enveloppe comme si j'étais venu là pour les retrouver, ces papiers, comme si j'étais revenu exprès de Namchon pour eux.

Le contenu, je le connaissais. Il y avait l'histoire de Daphné métamorphosée en laurier pour échapper à Apollon. Afin de se soustraire aux caresses du dieu dont le souffle effleure déjà ses cheveux épars, la nymphe appelle son père, divinité de la rivière, à son secours : « Délivre-moi de cette beauté qui me nuit ! » et la voici aussitôt transmuée en arbre... Il y avait aussi l'histoire de Pythée métamorphosée en pin. Celle-ci est aimée en même temps de Borée, le dieu du vent, et de Pan. Quand il découvre que son rival lui est préféré, Borée, fou de jalousie, précipite Pythée du haut d'une falaise. Pan transforme alors Pythée expirante en un pin noir... L'histoire, également, de Phyllis, la princesse de Thrace, qui, morte de chagrin, fut métamorphosée en amandier. L'aimé est parti en guerre contre Troie. Le bateau qui le ramène fait naufrage et Phyllis, après sa longue attente, succombe à la tristesse. Prise de pitié, la déesse Héra la métamorphose en amandier... Il y avait l'histoire d'Ia transformée en violette. Ia et Attis s'aimaient. Amoureuse elle aussi d'Attis, Vénus intime à Cupidon de planter sa flèche de plomb qui cause l'oubli dans le cœur d'Attis. Délaissée, Ia meurt de consomption ; Vénus, alors, la change en violette. Le nombre des métamorphoses dépassait de beaucoup celui des plantes dont je connaissais le nom. Toutes illustraient des histoires d'amours brisées.

Mon frère s'était attelé de sa propre initiative à cet exercice de compilation. Tâche qui avait certainement du sens pour lui. Ses notes étaient rangées avec soin dans l'enveloppe. Il semblait avoir achevé son entreprise. J'ai parcouru tout le dossier. Sur le dernier feuillet, qui portait le numéro 253, figurait le mot « fin », lequel m'a sauté aux yeux comme un mauvais présage.

Son travail terminé, il était parti. Mais où ? J'ai feuilleté ses papiers dans l'espoir d'un indice. Le dernier chapitre arrêta mon attention : il traitait d'une histoire de pin et d'aliboufier. Le titre avait quelque chose d'énigmatique. Le titre seulement. Car la première phrase donnait la clé : « Les personnages principaux de cette histoire sont Uhyon et Sunmi. » Il ne s'agissait pas d'un mythe ni d'une légende. Rien à voir avec le corpus constitué des métamorphoses. Il s'agissait d'une histoire authentique écrite par lui-même, un récit où il parlait de lui. Je me suis plongé dans le texte.

« Uhyon est photographe. Il voit le monde à travers ses photos. Pour lui, la photographie n'est ni un passe-temps ni un art. Elle est document, elle est témoignage, elle révèle la vérité d'une époque. Elle est un regard rigoureux qui montre ce qui s'est passé en un lieu donné, qui rapporte avec exactitude l'événement. Uhyon veut être le témoin de son époque. Sunmi est sa petite amie. Elle chante bien et sait jouer de la guitare. Mais des épreuves viennent se mettre en travers de leur amour. Uhyon se retrouve dans l'incapacité de faire des photos. À cause de ses clichés, il est attrapé par la meute de chiens lancée par le pouvoir à ses trousses comme à celles de ses compagnons qui luttent contre la dictature. Il est mis à la question, on le torture. Il a le sentiment que les interrogatoires n'ont lieu que pour la forme. La torture, elle, est atroce. On n'enquête pas consciencieusement, on veut simplement se venger, il le sent bien. Ensuite, il est engagé de force. L'armée lui prend ses jambes, il saute sur une mine. Projeté en l'air, il voit ses jambes partir en lambeaux, et son amour aussi. »

Il s'agissait donc bien de leur histoire. Plus loin, réalité et mythe se rencontrent :

« Ayant perdu et son amour et la volonté de vivre, Uhyon entre dans le bois et fait le vœu de se voir métamorphoser en arbre. "Le désir qui habite encore ce corps et ce qu'il y reste d'amour me sont insupportables. Puissiez-vous m'ôter ce désir et ce sentiment." Le dieu des bois le prend en pitié. Son corps commence aussitôt à s'envelopper d'écorce.

« Sunmi apprend plus tard que son amant l'a quittée non parce qu'il s'était lassé d'elle mais pour ne pas lui montrer son infirmité. Elle voudrait revoir celui qui est devenu arbre. En pleurs, elle entre dans la forêt où il s'est souvent promené. Elle chante pour l'homme qu'elle a tant aimé, qu'elle n'a jamais cessé d'aimer et qui n'a plus figure humaine. Une branche de pin se balance sur son passage. Elle pense d'abord que c'est à cause du vent. Mais non, ce n'est pas le vent. Tandis qu'elle continue de chanter, des racines, des branches s'approchent et l'enlacent. Elle perçoit le parfum de celui qu'elle aime.

« Comprenant la métamorphose de son bien-aimé, elle implore à son tour le dieu des bois. "Changez-moi en arbre, je vous en prie. Laissez-moi vivre auprès de lui, dans cette forêt." Le dieu, favorable aux amants, prête une oreille attentive à sa requête. Et la voici qui se métamorphose à son tour.

« Sunmi devenue arbre s'agrippe à l'arbre Uhyon. Ses branches enserrent les branches d'Uhyon, leurs racines s'enchevêtrent.

Sous leur écorce, le désir et l'amour continuent de vivre. Ils peuvent désormais exprimer leurs sentiments sans fausse pudeur, laisser parler leur cœur. Arbres, ils réalisent l'amour qui leur était nié quand ils étaient humains. Ils se désirent et s'aiment. Les arbres désirent plus vivement, ils aiment plus ardemment. C'est grâce à l'ardeur de leur passion que Sunmi et Uhyon ont mérité d'être métamorphosés en arbres. »

J'ai rangé les papiers de mon frère. En quittant sa chambre, j'ai dit à ma mère : « Je pense savoir où Uhyon se trouve. » Elle m'a demandé où. Elle voulait m'accompagner. Sans l'attendre, j'ai pris la lampe de poche dans le meuble à chaussures de l'entrée, et je me suis mis à courir. Je n'étais pas sûr d'avoir vu juste. Malgré ce que je venais de lire, rien ne permettait de tenir pour certain qu'il était allé dans le bois après avoir achevé son récit. En quête de consolation, il aurait certes pu s'y rendre, mais rien ne permettait de penser qu'il y soit resté si tard. Pourtant mon intuition me disait que c'était là que je le trouverais. N'avait-il pas écrit qu'il voulait se métamorphoser en pin ?

Je me suis souvenu de ce fameux soir où nous étions allés ensemble jusqu'au bout du chemin, moi poussant son fauteuil roulant. C'était le jour où je l'avais ramené du motel. Il m'avait demandé de suivre ce sentier tortueux à la surface inégale, qui longeait le mur d'enceinte du tombeau royal. Dans le noir, il m'avait parlé du pin et de l'aliboufier, de cet aliboufier à l'écorce aussi lisse que la peau d'une femme, qui enlaçait le tronc puissant du pin. Il m'avait dit : « De là, j'imagine le bois touffu au-delà du mur. J'imagine les grands arbres qui rivalisent pour s'accaparer le ciel, et, au-dessous, les cavernes profondes. Les arbres et les herbes vivent en harmonie avec les oiseaux et les insectes, la terre et les animaux. Si on pénètre dans le bois, là-bas, très loin, il y a peut-être un frêne qui soutient le ciel. Et si j'y allais, peut-être le verrais-je, ce frêne. J'ai souvent eu envie de pénétrer dans ces bois. J'aimerais m'y fondre. Je rêve de toucher ce frêne qui est là depuis la nuit des temps à soutenir le ciel et le temps. » En l'écoutant, j'avais l'impression qu'il parlait tout seul. Il y avait dans sa voix quelque chose d'oppressant, mais quoi donc ? Je n'avais pas su le discerner à l'époque. Maintenant, je savais.

La forêt obscure, la nuit, m'a toujours effrayé. La forêt dans la nuit est un lieu qui échappe à la rationalité, un lieu livré aux esprits et aux sorcières. Je n'ai jamais eu l'occasion de m'aventurer seul dans un bois nocturne. Sous le faisceau de ma lampe, la peur n'allait pas disparaître aussi aisément que l'obscurité. Si j'ai crié le nom de mon frère, c'est parce que je mourais d'appréhension. J'ai crié, certes, à petite voix... tellement je tremblais. J'avais l'espoir que ma voix conjurerait cette peur et je craignais, en même temps, d'amplifier celle-ci en haussant le ton.

Parvenu à proximité de l'aliboufier, je me suis arrêté. Une barrière fermait le passage. De l'autre côté de la barrière, l'obscurité était profonde, confinée dans un silence monstrueux. Elle régnait sans partage sur le bois, comme la gueule béante d'un géant. Rien qu'un trou noir, point d'aliboufier, point de pin. J'ai braqué ma lampe sur le bois et j'ai appelé mon frère : « Uhyon ! Uhyon ! » La lumière ne parvenait pas à déchirer l'épais tissu de l'ombre, ma voix s'est vite trouvée étouffée par l'enchevêtrement des branches. Un oiseau s'est arraché tout près. Surpris, j'ai reculé d'un pas. L'ombre des arbres que dessinait ma torche augmentait l'impression de monstruosité. J'ai détourné ma lampe.

C'est alors que le faisceau erratique fit surgir un reflet argenté. Je me serais enfui si l'idée ne m'était pas venue qu'il pouvait s'agir du fauteuil roulant. J'en vérifiai le bien-fondé en m'approchant de l'endroit d'où avait jailli la lueur. « Uhyon, grand-frère ! » Point de réponse. Le fauteuil était abandonné là, une roue détachée. « Uhyon ! » ai-je appelé de nouveau tout en dégageant le véhicule du sillon de terre où il était embourbé.

Où avait-il bien pu aller ? Sûr au moins d'être sur la bonne piste, j'avais du mal à croire qu'il ait pu venir seul et davantage encore qu'il ait pu s'éloigner en abandonnant son fauteuil. La barrière était là qui me séparait du bois. Mon frère avait laissé entendre qu'il aimerait aller au plus profond pour s'y métamorphoser en arbre. Il rêvait de toucher le grand frêne qui soutenait le ciel depuis la nuit des temps. « Ce n'est pas possible », ai-je murmuré comme si j'avais besoin de m'en convaincre. Je me suis passé la langue sur les lèvres. Le bois me fascinait, m'attirait. J'avais la bouche complètement sèche. La barrière était faite de fils de fer barbelés tendus sur des montants d'acier. Il était certes possible de passer en écartant les barbelés, mais la chose ne devait pas être aisée même avec des jambes.

Comment mon frère aurait-il pu réussir à passer ? Mais pouvait-il être allé ailleurs ?

Avant de me glisser entre les barbelés, j'ai toussé pour défaire l'étreinte de l'angoisse. Mais sans résultat : la peur sinistre ne me lâchait pas.

CHAPITRE 33

« Éteins cette lampe », m'a-t-il ordonné. À cent lieues de penser le trouver là, je n'ai pas aussitôt réalisé que c'était la voix de mon père. J'ai éteint ma lampe et j'ai demandé : « C'est toi, Uhyon? » La voix m'a répondu : « Il vient de s'endormir. » Ces derniers mots m'ont fait comprendre qui était cette silhouette accroupie dans l'ombre. J'étais aussi surpris qu'heureux.

Le bois était muet. Les rares bruits (cri apeuré d'un oiseau, craquement des branches mortes à mon passage) ne parvenaient pas à rompre le silence épais du sous-bois. Le froissement des feuilles mortes sous mes pas l'entamait à peine. On aurait même dit que ces bruits contribuaient à faire ressortir, par contraste, son emprise blême, lugubre.

Les barbelés franchis, je m'enfonçai dans le silence du monde originel. Ma peur persistait, j'avançais lentement en appelant tout bas mon frère. Ma voix était absorbée par le sous-bois comme l'encre par le papier de riz. Il était si imposant, ce silence, que j'en oubliais le motif de mon intrusion. Le bois tout entier se faisait caverne profonde et obscure. Si bien que lorsque j'ai entendu une voix s'adresser à moi, j'ai senti mon cœur flancher.

Mon père, assis sur un gros tronc d'arbre, soutenait la tête de mon frère sur ses genoux. Il le cajolait en lui passant la main sur les cheveux. Un silence, une tension extraordinaires régnaient ici. Magie d'un arrêt sur image. Univers clos circonscrit dans une bulle. Une ligne invisible me séparait de la scène. Je me suis arrêté, n'osant affronter cet autre monde.

Il lui parlait à mi-voix tout en lui caressant le front. Je ne l'entendais pas mais je voyais ses lèvres bouger. Comme s'il lui donnait des conseils ou lui racontait des choses. Peut-être lui chantait-il une berceuse. Je ne voyais pas le visage de mon frère, mais je l'imaginais, apaisé. La scène m'a rappelé le soir où mon père choyait ses plantes dans le jardin. Il m'avait expliqué alors qu'il fallait les aimer d'un cœur sincère. Qu'elles savaient si les hommes mentaient ou non. Qu'un amour factice ne pouvait provoquer de réaction chez elles. En les trouvant réunis tous les deux, j'avais l'impression d'entendre les mêmes paroles, qu'il fallait aimer les plantes et que les hommes aussi devaient être sincères entre eux. Et je voyais, cette nuit dans le bois, mon père parler à mon frère comme naguère il parlait aux plantes du jardin.

Ma lampe éteinte depuis un moment, je commençais à percevoir des formes dans l'obscurité. Les branches s'inclinaient vers le sol. Elles formaient comme un toit au-dessus des deux hommes. Les arbres semblaient à la fois les protéger et les retenir prisonniers.

« Il m'a dit qu'il voulait se métamorphoser... » La voix de mon père, venue de très loin, agréait mon attente. Oui, mon frère voulait devenir arbre, et pour cela s'était plongé dans ces histoires de métamorphoses.

Tout heureux, dès lors, d'être admis dans la sphère privée où tous deux se trouvaient, j'ai demandé à mon père si c'était lui qui l'avait amené dans ce bois. Ma mère m'avait fait savoir, en effet, qu'il était parti à sa recherche. Je me doutais bien qu'il ne l'avait pas accompagné. J'ai cependant posé ma question parce qu'il me paraissait impossible que mon frère ait pu venir jusqu'ici sans aide. Mais aussi parce qu'il y avait entre eux une sorte de connivence. Mon père a répondu que non : « En route pour le Marché aux lotus, je me suis souvenu qu'il affectionnait cette promenade. Je m'y suis rendu et j'ai alors aperçu son fauteuil renversé là où s'arrête le chemin. Je me demande comment il a pu franchir les fils de fer barbelés. Je l'ai trouvé ici, gisant, couvert de contusions et de sang. Comment il a franchi la barrière pour venir jusqu'ici reste pour moi une énigme. Il a sans doute voulu gagner un lieu interdit d'accès et donc parfaitement isolé... » Mon père en parlant continuait de caresser les cheveux et les épaules de mon frère avec la même douceur qu'il mettait naguère à caresser les plantes de son jardin.

Je me suis senti envahi de compassion pour mon frère. Jusque-là, je pensais comprendre sa souffrance et sa tristesse. Mais ma compréhension n'était que partielle. Il souffrait d'avoir renoncé à occuper une place en ce monde, il souffrait davantage encore de devoir se supporter tel qu'il était. Il voulait transcender sa condition, devenir pur esprit, échapper enfin aux lourdes contingences de sa vie. Cela n'était possible que par la métamorphose. Renoncer à sa condition présente pour se transmuer en un autre être, quelle entreprise à la fois démesurée et désespérante ! Vouloir se métamorphoser, n'est-ce pas le désir le plus fou, le plus absolu ?

« Il m'a dit qu'il voulait devenir arbre », a poursuivi mon père. Sa voix se fondait dans l'obscurité. « Quand je l'ai pris dans mes bras, il a pleuré, il tremblait de tout son corps. Je n'ai pas essuyé ses larmes, je les ai laissées couler. Pour qu'elles le purifient. Elles étaient l'exutoire de sa tristesse, de sa souffrance, de son désir... Lorsque ses sanglots se sont calmés, il m'a avoué qu'il voulait devenir arbre. Alors je lui ai dit qu'il était déjà un arbre. Ceux qui rêvent d'être un arbre sont des êtres qui ont une âme d'arbre, ceux qui ont une âme d'arbre sont déjà arbres. » À travers ses paroles, je sentais qu'il aimait vraiment mon frère.

« Allez, rentrons, je vais le prendre sur mon dos. » C'est tout ce que j'ai su dire. Propos désolant, d'une navrante médiocrité. Propos de quelqu'un qui n'a jamais souffert, du moins pas au point de souhaiter quitter sa condition afin d'accéder à un univers où la douleur est absente. Ma pensée, mes actes, n'ont jamais franchi les limites du monde réel. C'est de là que vient, justement, ce sentiment d'infériorité que je ressens devant mon père et mon frère.

« Je crois qu'il dort profondément. À mon avis, mieux vaut ne pas le bouger jusqu'à ce qu'il se réveille. » Mon père ne m'a demandé ni de rester avec lui ni de rentrer. Je me faisais du souci pour ma mère, sans me décider à retourner seul à la maison. J'ai entendu mon père murmurer de nouveau à l'oreille de mon frère toujours immergé dans un profond sommeil. Mon père continuait de lui parler doucement tout en le caressant. Comme s'il conversait avec lui dans son rêve. De ce dialogue, je me sentais totalement exclu.

CHAPITRE 34

Le bois, dans la nuit, ne m'effrayait plus. Quand on reste longtemps dans le noir, les ténèbres s'éclairent. Elles engendrent leur propre lumière et chassent la peur.

Demeuré assis aux côtés de mon père, j'ai vu qu'il avait ôté sa veste pour en couvrir mon frère. J'ai quitté mon manteau pour le poser sur ses épaules décharnées qu'effleuraient les branches dégarnies. Je lui ai proposé de prendre sa place, mais il a refusé. Le silence a repris ses droits. Je m'étais fait à l'obscurité, mais pas au silence.

Au bout d'un long moment, tout d'un coup, mon père a dit : « Ta mère est pure. » J'ai été surpris. Moi, je ruminais depuis un bon quart d'heure des phrases convenues prêtes à être proférées. Mais un je-ne-sais-quoi m'empêchait de desserrer les lèvres. Mon père avait, lui, des choses à dire. Sa voix s'infiltrait lentement dans l'obscurité du bois. « Ta mère est pure. » Pourquoi me lançait-il ces mots maintenant ? J'ai hoché la tête : il n'était pas question de mettre en doute sa sincérité. Pourtant, je le soupçonnais d'être la personne qui avait commandité la surveillance de ma mère. Ce soupçon ne me quittait pas. Plus d'une fois, j'avais cherché l'occasion de l'interroger avant d'y renoncer au dernier moment. Cette nuit, il voulait profiter de l'obscurité du bois pour m'avouer la vérité. J'ai protesté : « Non, ça suffit ! » mais il n'a pu m'entendre. Les mots ne sont pas sortis de ma bouche.

« C'est moi qui t'ai demandé de surveiller ta mère. » Il a dit ça tout bas, les yeux fixés sur mon frère, sans cesser de lui caresser le front, comme s'il lui parlait. Peut-être en effet était-ce à lui qu'il s'adressait. Je n'ai pas bougé, je n'ai rien dit. Si j'avais manifesté la moindre réaction, il aurait pu y voir un reproche. Mon cœur battait fort, j'attendais la suite. Il a poursuivi :

« Il y a longtemps, un homme est venu. Un vieillard à cheveux blancs, les reins pliés. Je ne savais pas à qui j'avais affaire. C'était une personne au service de ce politicien que ta mère a tant aimé, qu'elle n'a jamais cessé d'aimer. Le vieux m'a dit qu'il était de retour. Qu'il était gravement malade, qu'il n'en avait plus pour longtemps. Sans le réclamer expressément, il souhaitait revoir ta mère et ton frère. J'avais envie de refuser. Comment vous expliquer les choses, à toi et surtout à Uhyon ? Je ne pensais pas souhaitable de lui apprendre cette vieille histoire et de provoquer chez lui un nouveau choc, une nouvelle blessure. J'avais décidé de me taire... du moins jusqu'à ma mort. À quoi bon révéler à Uhyon que son père n'était pas celui qu'il croyait. Après trois jours de tergiversations, j'ai fini par accepter la proposition du vieillard. Mais je lui ai demandé un peu de temps pour que je trouve un moyen de vous faire comprendre la situation. C'est à ce moment-là que tu as monté ta petite société de service *L'Abeille et la Fourmi*. Je me suis dit que j'avais trouvé la solution, même si l'idée n'était pas géniale : vous faire découvrir par vous-mêmes le secret familial. Ta mère irait à Namchon, tu finirais par découvrir l'existence de cet homme, et tous deux vous vous tourneriez vers nous pour avoir des explications. Ainsi, vous vous approcheriez de la vérité de façon naturelle. J'ai donc demandé au vieillard d'appeler ton agence. Il ne t'appellera plus désormais. Vous savez très bien que ce n'est plus la peine. Je ne savais pas que cet homme était si gravement malade. J'ai eu tort de procéder ainsi... »

Est-ce que mon frère entendait ce qui se disait ? Rien ne me permettait d'en juger, mais j'avais l'impression que oui. Il me semblait qu'il était éveillé. Ou alors, il avait déjà appris l'histoire de la bouche de mon père. Je n'ai pas laissé ce dernier terminer sa phrase : « Vous savez donc tout de la relation entre cet homme et ma mère... » Je ne voulais pas l'embarrasser davantage, mais il n'était plus l'homme réservé que je connaissais. Il semblait décidé à tout révéler :

« J'avais vingt-cinq ans, elle vingt et un. Je travaillais au restaurant *Mindeulé* avant même que votre mère y vienne. J'étais cuisinier. La première fois que je l'ai vue, mon cœur s'est mis à palpiter. Jamais je n'avais rien ressenti de semblable. Cette jeune fille, j'étais condamné à l'aimer. » La voix de mon père tremblait. « Et depuis ce jour, je n'ai jamais cessé d'aimer votre mère. » Et il a ajouté, amer : « Tout comme elle n'a jamais cessé d'aimer cet homme. De même que mes yeux se détournaient des autres femmes, les yeux de votre mère ne pouvaient se porter sur moi. » Il parlait à voix basse, calmement. « Mais cela n'avait pas d'importance. Parce qu'aimer suffisait à mon bonheur. Votre mère est la première et la dernière personne qui m'ait fait découvrir ce bonheur. Cela suffit à me la rendre précieuse. Je ne sais pas si vous êtes au courant, c'est dans cette maison en haut de la falaise de Namchon qu'elle a mis Uhyon au monde. » Il a marqué une pause, comme s'il revisitait le passé. « C'est elle qui a voulu accoucher là-bas. Je l'avais accompagnée quelques jours avant, quand sa grossesse approchait de son terme. Au moment de la délivrance, c'est moi qui ai reçu Uhyon dans mes mains. Elle ne voulait pas, mais moi je tenais à l'aider. Elle me chassait, mais je ne l'ai pas quittée. Je ne pouvais pas partir. Sur le rivage, on trouvait d'excellents coquillages, j'étais un très bon cuisinier, il n'y avait que nous dans cette maison. En préparant les repas pour elle, je me sentais le plus fortuné des hommes. Namchon est un lieu inoubliable non seulement pour elle, mais aussi pour moi. Elle y a passé les moments les plus heureux de sa vie, moi aussi. Elle ne voulait pas de moi, mais j'étais toujours auprès d'elle. Ma vocation était de la protéger, c'était aussi ma joie. Qu'elle ne m'aime pas ne pouvait empêcher mon amour pour elle. Plus tard, je suis souvent retourné, seul, à Namchon. Elle n'y allait plus. Parce que ce lieu était déchirant pour elle. Mais pas pour moi, j'y étais très heureux. J'y allais donc sans elle. À partir d'un certain moment, le palmier s'est mis à pousser sur la falaise. C'est un miracle que cet arbre ait pu croître là, défiant le climat et la nature du sol. Je m'y rendais souvent pour constater ce prodige. Le palmier, qui m'arrivait d'abord au genou, est devenu aussi grand que moi, puis il a doublé de hauteur, triplé, quadruplé. En voyant cet arbre pousser si extraordinairement, j'espérais qu'un miracle aussi m'arriverait. Maintenant je sais que cet espoir était vain. Je ne chérissais que votre mère alors qu'elle n'aimait que cet homme, même après s'être mise en ménage avec moi. » Mon père a esquissé un sourire timide avant de poursuivre. « Vous ne comprendrez peut-être pas, a-t-il dit après avoir repris son souffle, mais elle lui est restée fidèle. Vous comprendrez peut-être encore moins, mais moi je l'aime ainsi. »

Il insistait tellement sur la fidélité de ma mère que j'hésitais à interpréter ses paroles. Lui, je le comprenais. Comprendre quelqu'un, ce n'est pas la même chose que pénétrer le sens des mots. Auparavant, j'avais souvent pris mon père en pitié. Il m'apitoyait à cause de sa relation avec ma mère. J'ignorais qu'il avait un cœur plus élevé que ce palmier, plus vaste qu'un arbre capable d'englober la mer tout entière. L'idée m'a effleuré, vague et imprécise, que mon père avait lui aussi une âme d'arbre.

« Papa ! » C'était la première fois que je l'appelais de façon affectueuse. Il a posé une main sur ma tête. C'était comme si une branche me couvrait. Je me suis laissé glisser contre sa poitrine. La main de mon père caressait mes cheveux. Cette main, je l'avais attendue. Mon cœur battait à tout rompre. J'entendais battre à la fois mon cœur, le sien et celui de mon frère. Je n'avais plus peur de l'obscurité. Le bois m'était familier, la nuit était douce. Je voyais enfin ce fameux frêne venu de la nuit des temps, qui soutenait le ciel. Ce frêne que mon frère voulait rejoindre au fond de la forêt. Il n'était pas dans la forêt, il était en nous. Ce frêne, on ne le découvre pas, on le devient. Petit à petit, mon cœur affolé a retrouvé son calme.

CHAPITRE 35

Mon frère a dû garder le lit les deux jours suivants. Le médecin a recommandé le repos absolu. Ma mère n'a pas quitté son chevet. Je n'ai pas souvenir qu'elle soit jamais restée, comme cette fois-là, deux jours de suite sans mettre le nez dehors.

Quant à moi, je m'impatientais à cause de Sunmi qui attendait à Namchon. Si mon plan avait été respecté, j'aurais déjà dû être en route pour Namchon avec mon frère. Mais je ne pouvais l'emmener tant qu'il était alité. Y aller seul n'avait pas de sens. Je me suis souvenu qu'il y avait le téléphone dans cette maison, là-bas. Ma mère ne m'avait-elle pas donné le numéro en me demandant de l'appeler quand j'arriverais dans les parages ? Mais est-ce que la ligne avait été maintenue ? Et surtout, je ne retrouvais pas le bout de papier où j'avais gribouillé le numéro. J'ai donc été contraint de demander à ma mère si elle se souvenait du numéro de téléphone de la maison de Namchon. Elle m'a demandé pourquoi. « Juste comme ça. » Évidemment, ma réponse était un peu courte. « Tu voudrais ce numéro de téléphone juste comme ça ? » Elle me dévisageait d'un regard inquisiteur. « Est-ce qu'il y aurait quelqu'un là-bas ? » Elle ne me quittait pas des yeux. « Vous en souvenez-vous, de ce numéro, oui ou non ? » ai-je insisté avec l'intention de mettre un terme à son interrogatoire. « Je le connais, mais personne ne répondra. Le vieux bonhomme qui faisait le domestique là-bas est, paraît-il, rentré à Séoul. » Là-dessus, ma mère s'est rendue dans la cuisine.

Elle préparait le thé. Assis devant la table, je l'ai observée. Puis, sans réfléchir, je lui ai demandé d'en préparer aussi pour mon père. J'ai eu tout d'un coup l'impression que ce n'était pas moi qui avais parlé. Que quelqu'un d'autre en moi avait parlé à ma place. Je ne me souvenais pas d'avoir jamais vu ma mère préparer le thé pour mon père. Ils ne buvaient jamais leur thé ensemble. Ils n'étaient jamais à table ensemble, ils ne couchaient pas dans la même chambre. Et là, voilà que je venais de lui demander de préparer du thé pour mon père...

« Savez-vous que le mois qu'il a passé à Namchon à vous préparer vos repas a été le moment le plus heureux de sa vie ? » J'ai dit cela spontanément. Ma mère n'a pas réagi. Elle ne s'est pas retournée. Sa cuiller tintait contre sa tasse. Elle était certainement embarrassée, mais je n'ai pas pu m'empêcher de poursuivre : « Il vous aimait de tout son cœur et il vous aime toujours. » L'eau sur le gaz s'est mise à bouillir. Je regrettais déjà d'avoir parlé. Mais il était trop tard.

Au bout d'un moment, elle a dit : « Tu parles comme si je détestais ton père. » Sans se détourner du plan de travail, elle a ajouté tout bas : « Ce n'est pas ce que je voulais dire... » Je m'apprêtais à lui faire signe d'arrêter de la main, mais elle a continué : « Ton père est quelqu'un d'extraordinaire. Si je ne l'avais pas rencontré, je me demande bien ce qu'aurait été ma vie... Je lui dois tout. Il m'a sauvée. Je me dis souvent que c'est le bon Dieu qui me l'a envoyé pour me protéger. Ce n'est pas que je ne l'aime pas, ton père, mais je me sens toute petite devant lui, j'ai une estime sans borne pour lui. Ce n'est pas que je l'évite, mais je n'ose pas l'approcher. Et puis, c'est notre façon à nous de nous aimer, ton père et moi. Pas facile à comprendre en effet. » Elle s'est tournée vers moi et elle a planté ses yeux dans les miens pour voir si je comprenais. J'ai détourné mon regard. Elle a poussé une tasse de thé devant moi et m'a demandé de la porter à mon père. Tout en contemplant le thé vert qui dansait dans la tasse, je lui ai dit : « Si c'est vous qui la lui apportiez, il en serait encore plus heureux. » Elle a fermé les yeux doucement, puis les a rouverts. J'étais peut-être un peu dur, mais j'étais certain d'avoir raison.

« Devant ton père, moi... » Elle s'est arrêtée les yeux grands ouverts, puis, baissant les paupières, elle a enchaîné : « Je ne peux pas lever la tête devant lui. De toute notre vie commune, je n'ai jamais pu le regarder en face. Je n'ai jamais eu honte de ma vic, mais devant ton père, je ne me sens pas fière. » Je commençais à appréhender la nature peu ordinaire de leur relation. « Mère ! » l'ai-je interpellée... mais je ne parvenais pas à poursuivre. Au lieu de parler, j'ai levé ma tasse. Il y a autant de façons d'aimer qu'il y a de couples, me suis-je dit. Même si aimer est une seule et même chose, les chemins de l'amour sont tous différents. Chacun sa manière. Tout amour est unique. Telles sont les réflexions qui m'occupaient tandis que j'apportais la tasse de thé à mon père.

Quand je suis ressorti de la chambre de mon père, ma mère buvait son thé assise devant la table de la cuisine. J'ai pris place en face d'elle. Elle buvait en silence. Au bout d'un moment, enveloppant sa tasse de ses mains, elle m'a demandé : « Pourquoi veux-tu connaître le numéro de téléphone de là-bas ? » J'avais décidé de ne parler à personne. Je voulais emmener mon frère sans rien dire à quiconque. Mais les choses avaient changé. Je n'avais plus de raisons de dissimuler mon projet.

« Il y a quelqu'un là-bas », lui ai-je avoué. « Qui est-ce ? » Elle me dévisageait de façon suspicieuse. « Quelqu'un que vous connaissez, Yun Sunmi... » Ses yeux s'agrandirent de surprise. Elle essayait de comprendre. Renonçant à trouver une explication, elle m'a demandé pourquoi et comment Sunmi se trouvait là. L'expression de son visage en disait long sur son degré d'incompréhension. « C'est moi qui l'y ai amenée. Elle attend Uhyon. » Elle ne m'a pas demandé pourquoi. Elle a porté sur moi un regard indécis, puis elle est allée chercher le papier sur lequel figurait le numéro de téléphone de Namchon.

Lorsque j'ai quitté la cuisine, elle m'a demandé, inquiète, si cela ne poserait pas de problème. J'ai compris ce qu'elle voulait dire. J'ai pris un ton allègre pour la tranquilliser.

Après deux ou trois sonneries, une voix de synthèse a annoncé que ce numéro n'était pas attribué. J'ai essayé de nouveau : même résultat. Ma mère, qui ne m'avait pas quitté des yeux, m'a interrogé du regard. Je lui ai dit que le téléphone ne marchait pas. « Comment faire ? » m'a-t-elle demandé, désappointée. Je lui ai répondu par une question : « Puis-je conduire mon frère, demain ? » Elle a répondu, indécise : « Je ne sais pas. »

CHAPITRE 36

C'est mon père qui a fait la cuisine.

Personne ne le lui avait demandé. Moi, je faisais le malin en prétendant que j'allais me mettre aux fourneaux. La femme de ménage avait obtenu trois jours de congé. Ma mère avait renoncé à se rendre au *Mindeulé* afin d'assister mon frère jusqu'à ce qu'il soit rétabli. Je me suis chargé des courses, j'ai sorti des recettes, j'ai fait la navette plusieurs fois entre la cuisine et la chambre de mon père pour lui demander des conseils (je voulais accommoder du poulet à la sauce aigre-douce) : combien de temps laisser tremper les champignons, de quelle grosseur couper les morceaux de poulet, à quelle température les faire frire, etc. ? Mon père a fini par venir lui-même à la cuisine, il a pris le tablier et s'est mis au travail.

Mon plan fonctionnait. Je sentais bien que tout le monde avait envie de se retrouver autour de la table pour manger ensemble, mais personne n'osait prendre les devants. La seule personne qui pût le faire, c'était moi. Chacun, peut-être, attendait de moi que je prenne l'initiative. Inutile donc de perdre plus de temps. C'était la première fois qu'il nous était donné d'aborder nos histoires enfouies. Cette chance ne nous serait sans doute pas offerte une seconde fois. Je voulais aussi profiter du savoir-faire de mon père. Ses bons petits plats allaient permettre de rétablir les liens qui unissent les membres d'une famille.

Après avoir jeté un coup d'œil sur mes achats, il m'a demandé ce que je comptais préparer. Je lui ai montré les recettes du poulet à la sauce aigre-douce et du sauté aux huit fruits de mer. Il a eu un petit sourire amusé. Après avoir minutieusement vérifié tout ce qu'il manquait, il m'a tendu une autre liste d'achats : *tofu*, bœuf, champignons, céleri, persil chinois, sciène, brocoli, chou-fleur, haricots, huîtres et lait. Je me suis rendu au grand magasin en voiture. Rayon épicerie. J'en ai profité pour prendre aussi une bouteille de vin. Mon père officiait d'une main rapide et experte. Il m'a confié quelques menues tâches annexes, comme couper le céleri ou écraser les gousses d'ail, mais c'est lui qui a fait tout le reste. Ma mère se doutait bien qu'il se passait quelque chose dans la cuisine, mais elle n'y a pas mis le nez.

Le dîner a été fastueux. Les plats de mon père étaient superbes. Il avait préparé du poulet à la sauce aigre-douce, un sauté aux huit fruits de mer, un sciène à la vapeur, de la soupe de *tofu*, un potage aux huîtres. Tous ces plats semblaient avoir été préparés autant pour les yeux que pour le palais. De vraies œuvres d'art. Bouche bée, ma mère et mon frère pensaient tout comme moi. L'émotion illuminait le visage de ma mère.

« Allez, dis-je, asseyez-vous ! On va se régaler avec les plats préparés par un des meilleurs cuisiniers du monde ! »

J'ai rempli quatre verres de vin. « Du Château Ausone, un saint-émilion. Ausone, qui a donné son nom au cru, c'était le gouverneur général de la province sous l'empire romain. Il était aussi poète. » J'ai proposé un toast. On a tous levé notre verre en hésitant un peu.

J'ai invité mon père à dire quelques mots. Embarrassé, il a rougi. Mais nous avons tous attendu patiemment. Il s'est dégagé la gorge en toussotant comme s'il s'apprêtait à faire un long discours, puis il a dit : « Je vous aime », tout simplement. Bien que prononcés à voix basse, ces mots ont résonné dans toute la pièce. « Maintenant, à votre tour, mère », lui ai-je dit en me tournant vers elle. Elle a hésité : « Tout cela est bien cérémonieux... » Puis elle a ajouté : « C'est bien de se retrouver, je ne sais que dire, j'aimerais qu'on se rassemble à table, comme cela, plus souvent. » La fin de sa phrase était à peine audible. « Toi aussi, dis un mot », ai-je fait en m'adressant à mon frère. Il a regardé intensément mon père, ma mère, moi, puis il a fermé les yeux. Des larmes glissaient sur ses joues.

Je ne voulais pas que l'atmosphère devienne grave. « Nos verres sont lourds, me suis-je empressé de dire pour sauver la situation. Ce n'est pas pour les garder levés que j'ai versé le vin, n'est-ce pas ? Alors, trinquons ! » J'ai trinqué avec mon père, ma mère et mon frère. Mon père a trinqué avec ma mère. Le vin dansait dans nos verres, les verres tintaient gaiement.

« Ça, c'est de la sciène à la vapeur ; là, c'est du poulet à la sauce aigre-douce. Ceci, c'est de la soupe au *tofu*. Et puis, il y a un bol de potage aux huîtres pour chacun. Ces chefs-d'œuvre que nous devons à notre père ne sont pas faits pour être contemplés mais pour être avalés. Allez, bon appétit ! » Tous ont souri gentiment. Ils appréciaient mon zèle. Moi aussi, j'appréciais la bonne volonté dont ils faisaient preuve en souriant, car ce que je disais n'était pas drôle pour deux sous. De toute évidence, personne dans la famille ne ménageait ses efforts.

Je ne sais plus comment étaient les plats. Personne n'en a parlé. Moi non plus. Pour moi, ils n'étaient, sur la table, que des symboles. Je n'ai pas essayé de distinguer les saveurs. À quoi bon ? Et puis je n'avais pas le cœur à ça. Le goût laissait place à d'autres sens. L'espoir pour moi, le souvenir pour ma mère. Tout un pan de sa vie est remonté à sa conscience, elle a ralenti le mouvement de sa cuiller dans le potage aux huîtres, ses paupières se sont humectées. Mon père, tout en préparant le repas, m'avait raconté que, du potage aux huîtres, il en avait fait quasiment tous les jours pour ma mère à Namchon pendant ses relevailles. Car elle adorait cette soupe, il ne l'avait pas oublié. Il allait lui-même ramasser les huîtres à marée basse. Je n'ai pas eu de mal à imaginer la vague d'émotions qui, ce soir-là, a submergé le cœur de ma mère.

CHAPITRE 37

Quand il fera jour, j'irai à Namchon avec mon frère. Là-bas, il y a Sunmi. C'est la femme que j'aime. J'aime cette femme comme mon père aime ma mère. Mais elle, c'est mon frère qu'elle aime. Comme ma mère a aimé cet homme. Mais cette femme, on ne peut pas dire qu'elle ne m'aime pas, comme on ne peut pas dire que ma mère n'aime pas mon père.

Je n'arrivais pas à m'endormir. J'étais excité. Un tel désordre de pensées me traversait la tête. Ces quelques jours ont paru durer mille ans. J'avais plus de souvenirs dans la tête et le cœur que si j'avais des milliers d'années. Je ne me suis endormi qu'à l'aube. Un rêve m'est venu, prémonition de ce qui aurait lieu le jour même.

La scène se passe à Namchon. La mer, sans cesse, vient lécher le pied de la falaise. Tout en haut pousse un palmier, un grand palmier qui semble soutenir le ciel depuis la nuit des temps. Sous l'arbre se tient une femme. Elle est entièrement nue. Son nom est Sunmi. Devant elle se trouve mon frère. Il tient à la main l'appareil photo que je lui ai offert. Si je lui ai acheté cet appareil, c'est pour me faire pardonner de lui avoir vendu le sien à l'époque où je ne voulais plus qu'il fasse de photos. J'ai prié pour que mon frère retrouve la santé et qu'il reprenne sa place dans le monde. Mais ce qui, plus que tout, a motivé mon geste, c'est la culpabilité. S'il se remettait à faire des photos, je me sentirais moins coupable. Je sais bien que je ne serai jamais tout à fait blanchi. Le crime originel est une sorte de tatouage qu'on ne peut pas effacer. L'appareil en main, mon frère, cette fois, est rayonnant. Il surprend la nudité pure de Sunmi. Il voit de nouveau le monde à travers l'objectif. Il découvre le monde à travers Sunmi. Un monde d'amour. Un peu à l'écart, dissimulé par l'arbre, je les regarde. Une scène que j'espérais tant voir. Pourtant, chaque fois que mon frère appuie sur le déclencheur, mon cœur ressent un pincement. Le palmier qui soutient le ciel et le temps ne bouge pas malgré le vent. Les rayons du soleil se métamorphosent en larmes en tombant dans la mer. Des larmes qui scintillent comme des diamants. Moi, je ne verse jamais de larmes.

DU MÊME AUTEUR

Aux Éditions Zulma

L'ENVERS DE LA VIE, 2000

LA VIE RÊVÉE DES PLANTES, 2006 (Folio n° 4951)

COLLECTION FOLIO

Dernières parutions

4796. Éric Fottorino	*Baisers de cinéma.*
4797. Jens Christian Grøndahl	*Piazza Bucarest.*
4798. Orhan Pamuk	*Istanbul.*
4799. J.-B. Pontalis	*Elles.*
4800. Jean Rolin	*L'explosion de la durite.*
4801. Willy Ronis	*Ce jour-là.*
4802. Ludovic Roubaudi	*Les chiens écrasés.*
4803. Gilbert Sinoué	*Le colonel et l'enfant-roi.*
4804. Philippe Sollers	*L'évangile de Nietzsche.*
4805. François Sureau	*L'obéissance.*
4806. Montesquieu	*Considérations sur les causes de la grandeur des Romains et de leur décadence.*
4807. Collectif	*Des nouvelles de McSweeney's.*
4808. J. G. Ballard	*Que notre règne arrive.*
4809. Erri De Luca	*Sur la trace de Nives.*
4810. René Frégni	*Maudit le jour.*
4811. François Gantheret	*Les corps perdus.*
4812. Nikos Kavvadias	*Le quart.*
4813. Claudio Magris	*À l'aveugle.*
4814. Ludmila Oulitskaïa	*Mensonges de femmes.*
4815. Arto Paasilinna	*Le bestial serviteur du pasteur Huuskonen.*
4816. Alix de Saint-André	*Il n'y a pas de grandes personnes.*
4817. Dai Sijie	*Par une nuit où la lune ne s'est pas levée.*
4818. Antonio Tabucchi	*Piazza d'Italia.*
4819. Collectif	*Les guerres puniques.*
4820. Patrick Declerck	*Garanti sans moraline.*
4821. Isabelle Jarry	*Millefeuille de onze ans.*
4822. Joseph Kessel	*Ami, entends-tu...*
4823. Clara Sánchez	*Un million de lumières.*
4824. Denis Tillinac	*Je nous revois...*
4825. George Sand	*Elle et Lui.*

4826. Nina Bouraoui	*Avant les hommes.*
4827. John Cheever	*Les lumières de Bullet Park.*
4828. Didier Daeninckx	*La mort en dédicace.*
4829. Philippe Forest	*Le nouvel amour.*
4830. André Gorz	*Lettre à D.*
4831. Shirley Hazzard	*Le passage de Vénus.*
4832. Vénus Khoury-Ghata	*Sept pierres pour la femme adultère.*
4833. Danielle Mitterrand	*Le livre de ma mémoire.*
4834. Patrick Modiano	*Dans le café de la jeunesse perdue.*
4835. Marisha Pessl	*La physique des catastrophes.*
4837. Joy Sorman	*Du bruit.*
4838. Brina Svit	*Coco Dias ou La Porte Dorée.*
4839. Julian Barnes	*À jamais* et autres nouvelles.
4840. John Cheever	*Une Américaine instruite* suivi de *Adieu, mon frère.*
4841. Collectif	*«Que je vous aime, que je t'aime !»*
4842. André Gide	*Souvenirs de la cour d'assises.*
4843. Jean Giono	*Notes sur l'affaire Dominici.*
4844. Jean de La Fontaine	*Comment l'esprit vient aux filles.*
4845. Yukio Mishima	*Papillon* suivi de *La lionne.*
4846. John Steinbeck	*Le meurtre* et autres nouvelles.
4847. Anton Tchékhov	*Un royaume de femmes* suivi de *De l'amour.*
4848. Voltaire	*L'Affaire du chevalier de La Barre* précédé de *L'Affaire Lally.*
4849. Victor Hugo	*Notre-Dame de Paris.*
4850. Françoise Chandernagor	*La première épouse.*
4851. Collectif	*L'œil de La NRF.*
4852. Marie Darrieussecq	*Tom est mort.*
4853. Vincent Delecroix	*La chaussure sur le toit.*
4854. Ananda Devi	*Indian Tango.*
4855. Hans Fallada	*Quoi de neuf, petit homme ?*
4856. Éric Fottorino	*Un territoire fragile.*
4857. Yannick Haenel	*Cercle.*
4858. Pierre Péju	*Cœur de pierre.*
4859. Knud Romer	*Cochon d'Allemand.*

4860. Philip Roth *Un homme.*
4861. François Taillandier *Il n'y a personne dans les tombes.*
4862. Kazuo Ishiguro *Un artiste du monde flottant.*
4863. Christian Bobin *La dame blanche.*
4864. Sous la direction d'Alain Finkielkraut *La querelle de l'école.*
4865. Chahdortt Djavann *Autoportrait de l'autre.*
4866. Laura Esquivel *Chocolat amer.*
4867. Gilles Leroy *Alabama Song.*
4868. Gilles Leroy *Les jardins publics.*
4869. Michèle Lesbre *Le canapé rouge.*
4870. Carole Martinez *Le cœur cousu.*
4871. Sergio Pitol *La vie conjugale.*
4872. Juan Rulfo *Pedro Páramo.*
4873. Zadie Smith *De la beauté.*
4874. Philippe Sollers *Un vrai roman. Mémoires.*
4875. Marie d'Agoult *Premières années.*
4876. Madame de Lafayette *Histoire de la princesse de Montpensier* et autres nouvelles.
4877. Madame Riccoboni *Histoire de M. le marquis de Cressy.*
4878. Madame de Sévigné *«Je vous écris tous les jours...»*
4879. Madame de Staël *Trois nouvelles.*
4880. Sophie Chauveau *L'obsession Vinci.*
4881. Harriet Scott Chessman *Lydia Cassatt lisant le journal du matin.*
4882. Raphaël Confiant *Case à Chine.*
4883. Benedetta Craveri *Reines et favorites.*
4884. Erri De Luca *Au nom de la mère.*
4885. Pierre Dubois *Les contes de crimes.*
4886. Paula Fox *Côte ouest.*
4887. Amir Gutfreund *Les gens indispensables ne meurent jamais.*
4888. Pierre Guyotat *Formation.*
4889. Marie-Dominique Lelièvre *Sagan à toute allure.*
4890. Olivia Rosenthal *On n'est pas là pour disparaître.*
4891. Laurence Schifano *Visconti.*
4892. Daniel Pennac *Chagrin d'école.*

Photocomposition C*MB* Graphic
Impression Novoprint
à Barcelone, le 15 août 2009
Dépôt légal : août 2009
ISBN : 978-2-07-035913-4./Imprimé en Espagne

160571